疯玩儿

史瀚劜 著

中国华侨出版社
·北京·

图书在版编目（CIP）数据

疯玩儿 / 史瀚勋著. -- 北京：中国华侨出版社，2024.5

ISBN 978-7-5113-8881-0

Ⅰ.①疯… Ⅱ.①史… Ⅲ.①长篇小说－中国－当代 Ⅳ.①I247.5

中国国家版本馆 CIP 数据核字(2023)第 226891 号

疯玩儿

著　　者：	史瀚勋
责任编辑：	刘晓燕
封面设计：	青年作家网
经　　销：	新华书店
开　　本：	880mm×1230mm　1/32 开　印张：6.5　字数：160 千字
印　　刷：	三河市嵩川印刷有限公司
版　　次：	2024 年 5 月第 1 版
印　　次：	2024 年 5 月第 1 次印刷
书　　号：	ISBN 978-7-5113-8881-0
定　　价：	58.00 元

中国华侨出版社　北京市朝阳区西坝河东里 77 号楼底商 5 号　邮编：100028
发行部：(010) 64443051　传真：(010) 64439708
网址：www.oveaschin.com　E-mail：oveaschin@sina.com

如果发现印装质量问题，影响阅读，请与印刷厂联系调换。

我想讲一个故事，于是我写了一本书，"我"的十年，大概可以从中了解。

目 录

第一章　　1

第二章　　18

第三章　　29

第四章　　44

第五章　　57

第六章　　76

第七章　　97

第八章　　111

第九章　　120

第十章　　131

第十一章　139

第十二章　146

第十三章　152

第十四章　157

第十五章　173

第十六章　182

第十七章　190

第十八章　195

第一章

育红班招生

1996年夏，我六岁。

一个平常日子的午后，我和几个同龄的孩子打着赤脚，在村子里一条主要街道边的树荫下玩跳房子的游戏，灿烂的阳光从大槐树的枝丫间分丝成缕地投射开来，形成地上一块块或大或小的明亮斑点。

不远处大队上破旧的广播喇叭懒洋洋地嘶鸣起来。村支书在喇叭里喊道："全体村民注意了，新一届育红班招生啦，下个月1日就可以到村小学报名了。"

正在欢快地跳着房子的我，听到这突如其来的消息，霎时间凝固在原地，保持着金鸡独立的姿势，一动不动，支棱着耳朵仔细听着。

"每一个孩子啊……都有接受教育的权利！家长啊，也有送孩子上学读书的义务！时代进步了，我们啊……要保证适龄儿童百分之百的入学率。"

"你愣着干吗呢，快跳哇，还有三圈。"蹲在一旁休息的周天明厉声催促。我不但没理会他，反而撇下他们一溜烟儿跑了。

周天明大喊:"你去哪儿啊,还玩不玩了?"

我头也不回地说:"不玩了!"随后我就将手里用来投房子的瓦片随意抛向空中,而后听到瓦片在我身后啪的一声碎了一地。

刚进家门我就扯开嗓子喊:"妈妈,育红班招生啦,我要去上学。"一直高喊着到屋里,瞥了一眼发现我妈没在,转身出来,冲进鸡房。我家里养着1000多只鸡,由于我的莽撞闯入,使本来悠然自得的鸡群受到惊吓,轰然炸了窝,千鸡齐鸣,咯咯答,咯咯答。

我妈正在将鸡蛋整装入箱,见场面已然不可控,随手将蛋托丢在地上怒气冲冲朝我奔过来,从她奔过来的架势和瞋目横眉的表情来看,我知道我屁股上挨两巴掌是少不了了,但是她没有,她这次没有按常规出牌,我都把屁股绷紧准备好挨巴掌了,她却一把揪住了我耳朵,将我拖出了鸡房。

我妈把我拽到院子里的水井边才松了手,急赤白脸地训斥下来:"跟你说过多少遍了,不要着急忙慌闯进来,说多少遍了!"

我揉着被揪疼的耳朵喃喃:"不下一百遍了。"这其实是我妈的词儿,现在让我抢了先。我每次一而再,再而三犯了错,她都要这么说,嘱咐过你一百遍了,就是不长记性!

我妈稍稍愣了一下,可能发现以往熟练掌握的训斥流程,忽然少了一个环节,难免有点不知所措。她迟疑片刻之后,及时调整了自己继续问:"突然闯进来会导致什么后果?"

"鸡受到惊吓就会下软蛋。"

"明知道还这么干,下了软蛋还怎么卖?卖不掉你吃啊?"

我嘟囔道:"我不吃,老吃软蛋就变傻了。"

"那为什么我嘱咐你这么多次就是记不住呢?"

"可能是你让我吃了太多软蛋了。"

我妈扑哧一声笑出来,在严肃的气氛下突然笑场是件很没面子的事,我妈觉得自己颜面尽失,想要通过揍我来找回面子,她刚一伸手,我就刺溜跑开了。

傍晚六点多,我在屋里看动画片,听到我爸骑着他的50cc摩托车到了巷子里,我很早便熟悉了我家摩托车引擎和烟筒发出的隆隆声响,这对我来说已然成了高辨识度的声音。听到这声音就算不见其人,我也知道我爸回来了,所以他还在大门口时我就欢快地跑出去迎接他。

我爸在一家木材公司上班,从早上八点出门一直到晚上才回家,一整天不见面就使晚上的相见显得格外亲切。他每次把摩托车停到车棚后都会把我抱起来,到了屋里再放下,从车棚到屋子里,寥寥几步路却是我们之间互表亲昵的一个隆重仪式。

那天,我比往常更加期待我爸回来,下午我在鸡房惹了祸后,我跟我妈说要去上学的事,她一边拾蛋,我一边在后面苦苦哀求。她忙着将鸡蛋装箱,因为一会儿有人来收购,而对于我的恳求她不置可否,最后把决定权交给了我爸。

晚饭桌上我又急不可耐地跟我爸提上学这事,还没等他开口回答，我妈把手里的碗一放，说："实在不行就让他去吧，一下午跟在我屁股后面叨咕这事。"

我爸问我："想上学啦？"

我猛点头："上了学就不用你们教我识字了。"

他从箅子上拿了一个馒头说："怎么着，嫌我们教得不好？"

"不是，不是！"我连连摇头，"你们都挺忙的，就像今天下午，我妈忙着拾鸡蛋就没空教我认字了。"

我爸笑了起来，用明显哄我开心的腔调说："这就是你妈不对了，不能打击孩子学习的积极性啊。"

我妈将筷子反过来，用粗头的一端敲了一下我的脑袋，说："学会告状啦？你这是诬蔑知不知道，什么时候你问我字没教过你？"

我嬉皮笑脸地掩饰着心虚，紧接着端起碗，呼噜呼噜吃起了饭。

我妈跟我爸说："他今年才六岁，我原本想着明年再送他去学校。"

我爸却说："就今年吧，早一年没什么不好，年纪小不一定就跟不上班，到目前为止咱儿子已经可以识三百多个汉字了，这在同龄孩子里可不多见。"

"行了，你可别夸他了。"

"这不是夸，我是在讲事实情况。"

我妈轻叹一口气："行吧，反正他自己也想去，有一点可以肯定，好送。好多孩子死活都送不进去，连哄带骗，软硬不吃,大人们在那儿陪十天半月的都有。"

"放心吧,我儿子肯定没问题。"我爸信心满满地看着我,"对不对?"

我把勺子"当啷"一声扔在碗里,高举双手做保证:"没问题。"

其实在我妈开口征求我爸同意时,我就知道去上学已成定局,就等我爸投个赞成票,而且我吃准了我爸一定会同意,因为他在一切事上总愿意开个先河,走在大众队伍前列,这可能和他受过高等教育有关。

我爸是村里为数不多的大学生之一,他在大城市里生活学习过几年,思想思维比没有受过太多教育的人都先锋先进,这不难理解。不说别的,单从我爸妈让我称呼他们的方式上就是一个重要体现。当村里大多数孩子还在称自己的父母为"爹娘"的时候,我已经率先开始叫"爸爸妈妈"了。

我爸同意我去上学后,我便开始得意忘形了,无论走到哪里,但凡遇到一个小伙伴我都要向他炫耀一番,并且鼓动他也一块儿去上学。

那天我在街上远远地看见王俊良在小卖部门口,就颠颠跑过去,边跑边用手拍打自己的屁股,假装自己骑着一匹品种优良的马驹子,膘肥体壮,训练有素。

到了王俊良跟前,我看到他手里正摆弄着一只蓝色的小玩具,我问他买的什么。他抬头看到是我,立刻眉飞色舞地跟我分享起他刚才的幸运经历:"买了一包虾条,居然中了个奖,奖品就是这霸王龙。"

我艳羡地盯着他将这个材质柔软的塑胶霸王龙摆弄成各种形态，本来一个死气沉沉的玩具在他手里变得活脱起来。在这种有趣的氛围里沉浸了一会儿，我才忽然想起我跑过来找他的本意，于是问他："对了，过几天我要去上学了，你去不去？"

王俊良的视线从玩具上短暂地挪开了一下，踟蹰地说道："还不知道。"

"不知道？"我最不爱听这种模棱两可的话了，去就去，不去就不去。"不知道"这个回答让我莫名其妙地想要发火，但基于也想让他一块儿去的想法，还是忍了，并且准备教他怎样巧舌如簧地说服家人顺从自己的意愿。

于是我劝说道："去吧，大伙都要去了，你回去就跟你妈妈这样说……"

说到这，我突然停顿下来，发觉自己的口误，遂改口道："哦，不对，你是管你妈妈叫'娘'的，不叫妈妈。哎呀，真麻烦，每次都说错，干脆你也管你娘叫'妈妈'好了。"

王俊良嘴角一扯，不屑地拒绝道："才不要，我以前问过我娘为什么有的人叫娘，而有的人叫妈妈。我娘说只有烧包的人才叫妈妈。"

我一听这话被气得七窍生烟，亏我还想教你怎么骗过家长去上学呢。我向前凑近王俊良的脸，一副咄咄逼人的架势说："瞎扯，谁烧包了？"

"你妈才瞎扯。"王俊良立刻回击过来。

我怒火中烧一把推开他:"你说我妈干什么?我又没有说你娘。我说的瞎扯两个字前面挂你娘了吗?"

王俊良往后踉跄了几步,想上来还击又犹犹豫豫,似乎被我的话质问住了,但是如果不说点儿什么他又觉得自己下不了台,于是说:"我就知道你在说我娘。"

"我没有。"

"你有,孙子心里就是这么想的。"

我拉高嗓门儿:"你才是孙子。"

他见我气急败坏,认为自己占了上风,便扬扬自得起来:"嘿,我又没有说你是孙子,我说孙子心里说我娘呢。"

我暗示自己无论如何也不能输了场面,这个心理作用使我释然起来:"算了,算了,好男不跟女斗。"

王俊良说:"是啊是啊,我反正是男的,就不和女的斗了。"

我斜了他一眼,随后趾高气扬地走开了,边走边说:"过几天我就要去上学啦,大伙儿都要去了,留那个人自己在街上瞎溜达吧,没人和他玩。"

就在开学前夕,短短的两天时间内,我妈妈忙得团团转。她在家中四处翻寻,从堆积如山的碎布头中精挑细选,然后夜以继日、手工精巧地为我缝制了一个军绿色的布书包。这个书包独具匠心,前后两面正中,都巧妙地装饰了一个由五彩斑斓的布片精心拼凑而成的彩色圆盘,犹如璀璨的星星点缀在夜空,让人一见难忘。

我迫不及待地把我早已准备好的铅笔盒和本子塞进书包,

尽管还未开学，我就已经整天背着它，自豪地走在街头巷尾。这个独特的书包仿佛成了我的勋章，引来了小伙伴们的羡慕眼神，大人们的交口称赞。甚至路边的老太太们也被我书包的独特魅力吸引，她们热情地召唤我，围坐在一起仔细研究书包的裁剪与缝制技巧，纷纷表示要为她们的孙子孙女也制作一个。那一刻，我无比自豪，那是我第一次感到我妈心灵手巧的时候。

入　学

9月1日开学报名那天，我早早就起了床，穿上前一天就准备好的衣服，洗漱、吃饭、收拾完毕后，和我妈一块儿去了学校。我并不是第一次进这校门，以前就和小伙伴们来过，那时我们已经把半个村庄跑遍了，终于像发现新大陆一样发现了这个新奇又陌生的地方。我们站在校门口，紧紧靠着门桩拘束地观察校园里喧闹追逐的学生，看到某些同学之间的趣事，也跟着傻笑。我们只敢在下课时伪装成学生进去到处转转满足一下好奇心。等到打了上课钟，就得立刻逃离校园，不然空落落的校园里我们将显得异常突兀。

那时我扒着校门不止一次心驰神往地想象，我什么时候能光明正大地站在里面啊？这次育红班招生，终于满足心愿。

我妈拉着只顾着东张西望的我走进老师办公室，一进屋我就闻到一股浓郁的墨香味，几个老师在飞速旋转的电扇底下有说有笑，气氛相当轻松。

一个男老师见我们进来，还没等我妈开口就指着西边告诉我们："最西边的屋子。"

从他简短熟练的口吻上我猜想，他今天绝不是第一次帮人指路了。

出了老师办公室我妈兀自嘀咕："没想到居然还在那儿。"

我问我妈什么还在那儿？她指着那间整所学校最古老也是最高大的尖棚瓦房，说："我和你爸小时候就在这间教室里上的育红班，二十多年了，现在又轮到你了。"

我刚要表示惊叹，我妈又说："这间教室得有四五十年了吧，在我们之前也有好多人在里面上过学。"

一进这间由宽厚的藏蓝色砖块建成的教室，巨大的室内空间感迅速将我包围，屋顶很高，差不多是普通屋子的 1.5 倍。教室中间有一根高大粗壮的木柱子顶着错综复杂的木结构屋顶，这应该和我在电视上见到的酒店大厅的大理石柱子有异曲同工之妙。孩子和家长全填充进来，空间仍很宽余。课桌和讲台占地还不到整个屋子的二分之一，跷跷板、旋转木马、滑梯都放在了教室的后面。

在讲台上登记学生名字的是一个银白色头发的老妇人，我妈弯腰小声告诉我："这就是当年教我的那个育红班老师，现在也要教你了。"

我不可思议地将视线聚焦在那位老妇人身上，她坐在椅子上，背挺得直直的，看上去面色红润、精神矍铄。我以前在校门口见过她,但不知道她将是我在学校的第一位老师。

登记在册后我妈和一些家长在一旁聊天说话。我则迫不及待地融入了那些在游乐设备上玩耍的小伙伴中间,周天明和李学博都来了。

在我爸答应让我来上学的第二天,周天明就以我为例,试图用花言巧语说服他爹,结果他爹认为他还小,早上一年学等于白花钱,学不到东西。他见他爹不同意就改变策略,胡搅蛮缠也要来学校,最终他爹不胜其烦就同意了。

我和周天明、李学博亲昵地打了招呼,在这陌生的地方见到老朋友觉得格外新鲜和亲切。有一些小伙伴虽然还不清楚他们叫什么,甚至是第一次见面,可这丝毫没有妨碍我们之间以游戏为核心的愉快交流。

我坐在跷跷板上环顾着整个教室以及室内的玩具设备,顿时觉得老师真是太有心了,玩具就设在教室,无论外面赤日炎炎还是阴雨绵绵都不影响我们正常娱乐。心想,也就是我们有这样奢侈的室内条件吧,哪个学校能有?

正得意于这种幸运时,我在热闹的旋转木马上赫然发现了王俊良,立马就气不打一处来,跳下跷跷板快步跟上坐在木马上的他:"你不是不来吗?"

王俊良瞅了我一眼,扭过头不理我。于是我又问了他一遍:"问你话呢,你不是不来吗,为啥又来了?"

他转过头,气愤地说:"我没有说不来,我那天说的是不知道来不来。"

"你肯定是怕在家没人和你玩,才要求你娘来带你报名的。"

"根本就不是,是我娘主动要送我来的。"

"不可能,我妈怎么就没要主动送我来呢?"我跟着王俊良转了几圈后,感觉头有些晕就停了下来,双手捂着太阳穴蹲在地上。

王俊良在旋转木马上又转了一圈,转到我身边时说:"我比你大一岁,再不上学就晚了,所以我娘把我送来了。"

我蹲在地上看着一圈又一圈转动的王俊良,眩晕感越发剧烈,胃里一阵翻江倒海,想要呕吐,一眼都不能再看他了。

强烈的身体不适使我更加恼恨王俊良,我恶狠狠地说:"来了我也不和你一块儿玩。"

王俊良说:"谁要和你玩啊,要不是你刚才找我说话,我一辈子都不会理你。"

是我主动要来上学的,因而我的适应能力是早就被我妈预言了的——好送。的确,我妈只送过我四次后就由我自己或和小伙伴做伴一块来学校了。最后两次还是我妈执意要送的,说是刚开始上学不放心。要照我自己的意愿就只要开学那天需要她来报一下名,其余就不用多费心了。

刚开学的那些天不断有新来的小朋友因为不适应新环境、不合群等原因而号啕不迭,任凭爷爷奶奶、爹娘怎样哄劝都不起作用,统统张着嘴巴大声哭喊,一个劲儿想要逃离这陌生人众多的地方,脸上都因为泪水混合着灰土而显得脏兮兮的。

开始我还把这当作热闹看,后来就有些腻烦了。每当看到小朋友因此哭闹就会有意跑过去当着人家爷爷奶奶的面儿说上几句风凉话:"别哭了,你看大家都在这里玩得好好的。"

这时小朋友的爷爷奶奶就会拿我当正面教材,对自己的孙子孙女进行说教:"你看看人家哪像你了,这么多人数你不听话。"

事实上我就在等他们的爷爷奶奶夸奖我,这比听我爸妈的夸赞还要让我得意百倍。然后我就会像个小大人一样拉着他们融入我们这个欢乐的集体,有的人从此归顺,有的人依然抗逆。

在众多小朋友中间,我发现有一个小孩完全不同于这类让家长老师头疼的哭闹鬼。他是在周一下午来的,他爹把他送到学校和老师见了面,陪了他没多会儿,就说:"我回去了,你自己在这行不行?"

他面无表情地点点头,不哭不闹也没有不舍的意思。

老师王秀娥笑呵呵地跟他爹说:"行,我看这孩子行,能待住。"

他爹走的时候他只瞄了一眼,然后就不再多看了,不像有些孩子,他们的爷爷奶奶已经出了校门,还在极力张望,直到完全看不见了仍迟迟站在原地,孤立无援,怅然若失。

之后他就安静地蹲在门前看别的小朋友玩耍,起初我以为他是认生,不能一下子融入这个集体。然而一直到周三他也没有和哪个小伙伴说过话。

在他来到学校的这两天时间里,他并没有展现出融入集体的意愿,于是我尝试着接近他。

第一章

上午第一节课后,他又一个人坐在校园南边的大槐树下。我去了趟厕所,从厕所出来径直朝他走过去,从他身后出现时他吃了一惊,但我并非有意吓他。

我弯腰坐到他身边,问他:"你叫李晓?"我是通过老师上课点名知道了他的名字。

他左手把玩着一块儿随手捡来的小石头,右手仍伸在裤子口袋里面不停地挠,他打量了我一下,反问我:"你叫什么?"

"上课时你没听老师叫过我名字吗?"

"好像听过,但是没记住。"

我告诉他我叫向阳。接着,我试探地询问他:"你是有皮肤病吗?我看你经常在挠痒痒。"

我当时并不知道我犯了人际交往中最愚蠢最低级的错误,只想快速而简单地知道问题答案,而丝毫不讲究方式方法。如此,碰钉子也是必然的。

他睨了我一眼:"我没皮肤病,我只是喜欢挠,关你什么事?"

"嗯……我只是有点好奇。"

他没答话,也没有因为我的唐突质问而感到难为情。

"我们做朋友吧。"我说。

他一次次地往空中抛着那块石头,对我的话充耳不闻,这令我有些难堪。我从兜里拿出一个从路边草丛摘来的粑粑瓜在他眼前晃了晃说:"我把这个给你玩会儿,可以和我做朋友吗?"

他瞟了一眼,说:"我以前也玩过这东西,捏一会儿就会

13

变软。"

我见他不感兴趣,遂加以补充:"最好玩的就是变软后,会散发一种像甜瓜一样的香气。"

他极不情愿,或者是故意装成那个样子,说:"好吧,暂时和你做朋友吧。"

他从裤袋里抽出右手去接那颗粑粑瓜,我下意识地缩回手来,说:"你不能用这只手碰它,只能用左手玩。"

他笑说:"你是不是嫌我右手脏?"

我被他猜出了心思,也不好再矢口否认,只好尴尬地说:"我只是怕你有皮肤病,除非你去洗洗手。"

"好吧,我只用左手玩。"

我俩在树荫下分享着各自有什么高级玩具,他说他有一辆电动玩具赛车,这着实令我非常羡慕。我爸妈很少给我买电动类高档玩具,倒不是因为吝啬,他们经常给我讲的一个词就是:玩物丧志。印象中这是从他们口中学会的第一个成语,但也不是有意教的,他们总是说这个词,我结合口气和"上下文",时间久了也就知道是什么意思了。

我每次要求他们给我买玩具时,他们就把我一摞摞的小人书、画册、看图识字书本搬出来,说:"买玩具的钱都用来给你买这些了。"

我说:"这又不是我让你们买的,凭什么把我买玩具的钱都花掉!"

我妈说:"我们这不都是为你好哇,别的孩子还不识字,你已经认识三百多个汉字了,你以为这都是白白得来的啊,你以为你生下来就会呀,我们是在激发你的阅读兴趣,培养你自主学习的动力。"

……

总而言之,我心中对玩具的渴望从未真正得以实现,每次都被他们以那些所谓的大道理为理由给无情地打压。在我所拥有的玩具堆里,最显眼的便是那个靠人力惯性驱动的大轮胎越野车。只要我施加的力量足够大,它便能跑得飞快且远,但和那种威风凛凛的电动赛车相比,它终究显得逊色不少。

李晓说因为电动赛车耗电量大,两节电池充其量也就能玩两三个小时,所以他并不常玩。听到这儿,我主动提出愿意为他提供电池,条件是我们能一起玩。他稍作思考便爽快答应了。

在我们愉快的聊天期间,我注意到李晓的右手不知道什么时候从裤兜里抽了出来。

我好奇地问道:"咦,不挠痒痒了吗?"

他嘿嘿一笑,说:"你不说我都快忘了。其实只要手上有事做,我就不会去挠。只有手闲下来没事做的时候,才会不自觉地摸进口袋。我妈总说,我这个毛病不改掉,传出去会被人笑话,长大娶不到老婆。"

我正要告诉他我家邻居的孩子也有这个毛病时,却被他话中的"妈妈"二字吸引了注意力。我问他:"你也叫妈妈吗?"

他点点头,反问:"对啊,你也是叫妈妈吗?"

我笑着回应:"对啊,妈妈这个称呼多好听啊。不过,我听过很多人叫娘，感觉太老土了。"

他摆摆手，说道："叫娘的都是年纪大的人，像我爸和叔叔，他们都管我奶奶叫娘。我们还小，叫妈妈才合适。"

我打趣道："等我老了，我也要叫我妈娘，那时候再叫妈妈就显得太幼稚了。"

李晓听后哈哈大笑，很赞同我的想法。他伸出手，要与我击掌。我们像亲密无间的朋友一样，击掌后紧紧握在一起，这时我突然发现，李晓用的是右手。

人"脏"俱获

"学校是个文明的地方，不能打架不能骂人，尤其不能像在家里一样随地大小便，一定要去厕所，在家有你们爹娘为你们铲屎，在学校可没人管。"老师王秀娥一再给我们强调和重申这一点。

即便如此，我还是公然无视了校规。在学校的西南角明目张胆方了个便。张曼雅看到后第一时间报告给了老师，王秀娥火速赶到现场将正蹲在那儿方便的我抓了个现行，人"脏"俱获。我一脸无辜地仰头看着王秀娥说："老师，我实在憋不住了才在这拉的。"

王秀娥指着十几米之外的厕所疾言厉色地训斥道："撒谎都不会撒，多跑几步就会拉裤子吗？"

她一句话就使我再无力辩驳,显而易见真实原因并非如我所言。我知道,嫌厕所太脏太臭而不愿去根本构不成理由,然而撒一个在我看起来还算靠谱的谎,也没能骗过见过无数难调教孩子的王秀娥。

我们学校的厕所已经非常破败了,墙体风化严重。砖缝间的石灰泥变成了细腻的潮土,墙体看上去也都"骨质疏松"了,砖块也爆了皮,平时学校也很少组织学生打扫,脏乱差的环境,我自然不想去。

不去厕所方便的结果就是这事儿被王秀娥在班上点名批评。在全班面前,她指责我公然藐视学校规章制度,被当场揭穿后还企图辩解,这种行为既不配称为一个合格的学生,也不符合一个好孩子的标准。她告诫全班同学,务必要从我的事例中吸取教训,以此为戒。

第二章

姥 姨

我们每天差不多有一半的时间是在玩耍，上午八点上课，上一节课四十五分钟，下课后一直玩到十一点，然后再上一节课就放学，下午也只有两节课。五点半放学时太阳还没下山，斜斜地，远远地，把人和树木的影子拉得细长。街上的老太太躲在墙根下，乘着凉快聊得起劲儿，人手一把蒲扇，用来赶落在身上的苍蝇和蚊子。

在她们中间有一个七十多岁的老太太是我奶奶的亲姨妈，照此，我应该叫她姥姥姨，但因为拗口，我一直简称她为姥姨，由于年龄小，姥姥姨也没有严苛矫正过我的叫法。我也没有心思去了解其中复杂的亲属关系，只知道见了面要喊人，这就是礼貌。

之所以经常能见到姥姨是因为我上下学要路过她家门口。虽然不是每天都能在街上见到她，但三天中起码能见到一次，而且见到的三次中总有一次她会给我买一根雪糕，这么算来，最多九天就会给我买一根雪糕，这是最低概率，最高纪录是一周内买两次。

我诧异的是她总能在偌大的学生大军中敏锐地发现我小小

的身影,然后招招手把我叫到她身边,跟我说"瞧你这满脸的汗啊,背心都溻了,湿乎乎的难受不?""街上车多,不要乱跑"这样一些关心关切的话,然后就切入正题:"渴不渴?"或者"天挺热的,想不想吃雪糕?"我回答得也很直白:"渴了。""想吃。"如果这事短时间内发生得过于频繁,我也会突然变得不好意思,比如一周内吃了两次,还想吃的话我自己都觉得有点儿不要脸了。

不过实在想吃也有计策。不要说话,沉默就代表默认。这样姥姨也就心领神会:"孩子想吃,但是不好意思说。"于是,她又领我到那个专门卖冰棍儿的小卖部。那是经常和她坐在一块扯闲篇的一个老太太开的,里面就单放着一台冰柜,其他什么都没有。与其说那是一个小卖部,不如说那就是一个普通的居民宅小屋,将临街的墙壁凿了一个洞,对外营业。用白色的油漆在红砖墙上写了"雪糕"二字,就此做起小生意。其实这和在街上摆一台冰柜然后在上面打一把大伞没什么两样,实在搞不懂那个老太太为什么要如此大费周章。

我踮着脚从那个大冰柜里拿了一根五毛钱的巧克力脆皮雪糕高举着跑出来,这是姥姨主动要给我买的,有时候她也让我自己选,这时我一般会拿两毛钱的红豆雪糕或三毛钱的新寒九冰袋。因为我不想让姥姨觉得我不懂事,让自己选就贪心拿最贵的。

和我一块儿回家的小伙伴都很羡慕我半路上还有人给买雪糕吃,渐渐地,他们也都认识了我姥姨。在街上看到她,他们还主动提醒我说:"快看,你姥姨在那儿坐着呢。"

我就会噔噔跑过去跟她打招呼,事实上很多时候都是怀着"不良"的心理动机跑过去的,期望可以得到一根雪糕。结果和我的预期也相差无几,很多时候我都可以得到一根雪糕,但也并非每次都能得逞。

印象中我就是在那个夏天认识了我姥姥姨,但一开始是由我妈告诉我这是咱家的一个亲戚,还是我姥姥姨主动认出了我,我已经没有记忆。只记得各种各样冰凉爽口的雪糕被我一直吃到了深秋,直到那个老太太的小卖部关了门。

天冷以后,偶尔天气好的时候姥姨还会在那里闲坐,不过,我见到她的时间点由下午放学变成了中午放学,那时候阳光正好。她穿着黑色或灰色的斜襟的确良布衫,裤子也是的确良,裤腿用颜色相近的布绳紧紧缠裹着,脚上穿一双千层底黑面儿尖口鞋,像极了我在电视剧上见到的民国时期普通人家的老太太。

姥姨跟我对话的核心内容从"渴不渴"变成了"冷不冷"。我基本都会回答"不冷"。

我没撒谎,也没敷衍,的确不冷。从我早上起床一直到晚上睡下,我基本都在动,我就像一个多动症儿童一刻不停地动,只不过上课时幅度小点儿,下课了幅度大点儿,所以我从来不感到冷。

那天,姥姨把我叫到她跟前,摸摸我穿得厚不厚。我撩起外套给她看我新穿上的毛衣:"你看,这么厚,一点都不冷。"

这件浅绿色的毛衣,我妈从一年前的夏天就开始给我织了,准备让我在初冬穿上,可偏偏那几个月我家鸡闹起了毛病,产蛋量急剧下降,我妈忙着给鸡打针配药,毛衣这事自然就搁置了。时隔一年之后,终于在这次冷空气来袭时让我穿上了,但远没有达到我预期的好看程度,当时我妈是照我的身形织的,一年后可能是我长高的缘故,穿起来总感觉拘束得慌。

虚荣心作祟

经过几个月的学习,每个小伙伴的成绩不管是好是坏,都有了相对稳定的排名情况,这对成绩差的学生来说相当残酷,而我就是其中之一。

我爸说:"如果仍旧掌握不了一种行之有效的学习方法,落后可能会伴随我的整个求学时期。一步落后,步步落后。"

我不明白为什么会是这个样子,我比他们谁识字都多,背儿歌、背唐诗比谁都快,为什么就落后了?

老师王秀娥也说:"只要不呆不傻,其实每个人的智力水平都差不多。"那我就更搞不懂了,既然学习成绩和智商关系不大,那和什么有关?

直到很多年后,我妈才跟我说,我从小对汉字相当敏感,无论是读是写,正确率极高,如果碰巧哪一天我心情好,注意力又集中,学习效率简直高得吓人,所以他们认定我的兴趣在此，于是大力培养我的文字学习能力，疏忽了数学方面的栽培，导致我没能均衡发展，为此，他们深表遗憾。

我数学的弱势从那时就已经看得出了，总是掰着手指头来运算加减法，后来课程内容超过了十就用手指的关节来运算，再后来连关节也不够用了，就用火柴棍来帮忙，虽然慢但很少出错。这在平时还能应付，可一到考试不能用这些工具时就露怯了，一百分的试卷，六十分及格就算不错了。班里九十分以上的比比皆是，有两个同学是老师的宠儿，一个就是王俊良，还有一个女同学向雯。他们在不出意外的情况下，一般都是满分，这让我一开始就认定他们将是全班同学的学习楷模。

那天，王秀娥在讲台上一蹦一跳，声情并茂地教我们唱道："jqx 真淘气，见到 ü 眼就挖去。"她一边唱，一边笑嘻嘻地双手做出一个夸张的"挖眼睛"动作。这个行为立刻引起了我们的兴趣，整个教室顿时变得热闹非凡。王秀娥看着我们这群兴奋的孩子，又重申了一遍："记住啊，小 ü 遇到 jqx，去掉两眼没关系，而且一定要去掉。"

我们异口同声地大喊："记住了！"声音洪亮而坚定。

这时王俊良站起来问王秀娥："老师，为什么 jqx 遇到 ü 要去掉两点？"

同学们的目光从老师身上唰地全部转移到他身上。我看到王俊良满脸疑惑，眼睛里充满对未知答案的无限渴求。他无论学什么总有问不完的问题，与学习有关的要问，无关的也要问。或许他真是勤学好问，然而我总觉得他是在卖弄，是为了博得老师的喜爱，以及同学们钦佩的目光。"瞧我多厉害，总能想到你们想不到的问题，而你们只知道死记硬背，老师说什么就是什么，嚼烂的食物再喂给你们吃，有什么营养？"

事实上我对很多问题也有疑问，就好比王俊良问的这个，我不是没有想到，但生怕在众目睽睽之下也被冠上卖弄之嫌，所以也不好意思起身提问。

王秀娥听了王俊良的问题，笑嘻嘻的脸上滑过一丝慌乱，转而又故作镇定地说："jqx 遇到 ü 去掉两点，这是《汉语拼音方案》里的特殊规定，规定懂不懂，你们现在记住，以后考试能答上来就行。"

王秀娥从讲桌上拿起粉笔和书本，转身面对黑板站着，迟迟没写一个字。

我当时并没觉得老师也不懂是个多难为情的事，侧重点反而是王俊良居然把老师问住了，这太了不起了。王俊良失落地坐下，为没能知道问题答案而不高兴。

自从和王俊良因为一次骂战而闹下矛盾后，我们就很少说话，数学功课上的不精通，使我感觉低他一等，唯一能和他匹敌的就是语文成绩，现在就连语文他居然也难倒了老师，这让我心里很不是滋味儿。

老师告诉我们 zhi、chi、shi、ri 是整体认读音节，可它们为什么就是整体认读？其中有什么我们可以理解的理论吗？另外还有一连串的问题迫切需要得到解答，譬如 gua 可以拼写，那 dua 可不可以？kuang 可以拼写，那 tuang、ruang 行不行？这些难题像窝在我肚子里难以消化的食物一样令人难受，实在觉得不吐不快，尤其是在王俊良难倒老师之后。

在一天自习课上，我脑海中分别象征正义和邪恶、勤奋和懒惰的两个小人儿，对是否应该去问老师这些问题做了激烈的对峙和探讨，唇枪舌剑，慷慨激昂，要不是我在中间加以劝阻，他们很可能就大打出手了。

懒惰小人儿指责勤奋小人儿说："你存心不良，你这是明摆着想要抛头露面，生怕在别人面前不显山不露水。"

勤奋小人儿反驳道："得了吧，每次我想要帮主人做点儿什么事，你都在后面扯后腿，因为你，主人少获了多少原本属于他的荣誉，你算过没有？"

懒惰小人儿翻了个白眼："你知道主人为什么每次都听我的吗？因为他不愿故意显摆自己，再说我这样有什么不好，起码轻松自在呀。"

"胡扯，你难道不清楚按照我的指示做才是最正确的？你以为都像你一样不思进取？"

"有理讲理，你再说这么难听，小心我揍你。"

"来啊，我怕你？"

眼看着他俩火气越冒越高，我及时制止了他们，呵斥道："行了行了，我决定了，听勤奋的，我认为应该向王俊良学习，不懂就要问，虽然和他不对劲儿，但学习是无辜的。"

于是我一鼓作气地起身离开座位，走向讲台去问王秀娥。

勤奋小人儿得意地朝懒惰小人儿吐舌头扮鬼脸,向其炫耀这一回合的胜利。懒惰小人儿鄙视道:"我知道你这次并非纯粹的好学,我不说,你自己也清楚。"

王秀娥正在写教案,看到我拿着课本过来似乎颇感意外,问我:"怎么了?"

我说:"老师,我有一个问题不懂。"

她听完笑了起来,非常柔和地微笑,仿佛是对我这种求知态度的鼓励:"哪里不懂?"

我用肉嘟嘟的食指指着课本上的一个拼音说:"chang 可以拼读,那 ching 可以拼读吗?"

王秀娥突然大笑起来,好像我问了一个极其滑稽的问题,她站起来示意我回到座位上:"我给你们一起讲讲这个问题。"

我回到座位,王秀娥拿起黑板擦在讲桌上像醒堂木一样敲了几下,说:"来,都抬头看黑板,刚才向阳问了我一个问题。"

同学们将目光齐刷刷盯向我,此刻我感觉像上次王俊良问问题时一样受人关注,心里有种莫名的荣耀感。

王秀娥继续说:"向阳问我,chang 可以拼读,那 ching 是不是也可以拼读?你们说可以拼吗?"

同学们有的说不可以,有的说可以,也有的像不关自己的事一样不作回答。

"ching 当然不能拼,为什么?因为压根儿就没有相对应的汉字,拼音是为汉字服务的,没有汉字,当然拼音也就没有意义。"

事实上，对于老师说的这些，我们就像丈二和尚完全摸不着头脑，大多数小朋友还只认识不多的汉字，怎么会知道哪些读音的汉字是不存在的？虽然我能认识几百个汉字，但也搞不清其中深奥的道理。

随即王秀娥像读懂我们的心思一样，又说："你们现在还不理解，在以后几年的学习当中，你们会逐渐参透其中的奥秘，会慢慢地知道哪些是可拼的，哪些是不可拼的。"

同学们听到这解答都煞有介事地点点头。

最终王秀娥的视线又落到我身上，押着脖子问我："向阳，听懂了吗？现在你就记住 ching 是不能拼的。"

我没有听懂，更讨厌这种知其然不知其所以然的硬道理，但是我没有这么说，我极不情愿地点了点头，好让老师觉得我并不是长着一颗榆木脑袋。

坐在我右前方的李学博跟他同桌小声议论："我们拿木棍子比武，假装从剑鞘里拔剑，不是经常发出这种声音吗？ching 的一声就拔出来了。"

说话的同时手里还拿着一支铅笔在空中挥舞，仿佛自己是名震天下的武林高手。

老师解答了我的疑问，我却有些不太高兴，心里依然我行我素："怎么不可以？就像李学博说的，我们经常发出这种声音。不仅 ching 可以拼，而且 dua、tuang 都可以拼，我明明拼得出，只不过古人脑子笨，创造不出这些字而已。"

我脑海里的两个小人儿又开始对话，懒惰小人儿嘲笑勤奋小人儿:"没达到你的预期目的吧,是不是很失望?"

勤奋小人儿愤愤不平:"哼,要你管?"

为什么王俊良的问题老师答不上来,我的就可以答上来,是不是王俊良真的比我厉害?这时我似乎不太在乎是不是知道了问题的答案,而单单关心王俊良是否比我优秀。如果老师刚才答不上来,我就能和王俊良平起平坐,答上来我就会比人家略逊一筹。

现在正好验证了后者,我不如王俊良。

正式成为小学生

在荣升一年级正式做小学生之前,有一天,老师王秀娥将全部学完的语文、数学课本轻轻卷成筒状,攥在手里说:"我的任务完成了,每年定点儿送走一拨学生,三十二年了,你们知道三十二年是什么概念吗?"

我们只觉得这个数字很大,却并不明白它代表什么。

"我刚开始教学时,三十出头,可能比你们的妈妈还小,头发乌黑亮丽,现在你们看看我的头发。"说着她弯腰歪头抓抓自己满头的银发,然后又不无骄傲地说,"你们的爸爸妈妈、叔叔婶婶、哥哥姐姐,都是我教的。"

周天明高举着右手站起来说:"我没有哥哥姐姐。"

"你是老大,我知道,不过将来你妹妹肯定也是我教。"

说完王秀娥又开始得意地笑。

周天明的确有个三岁的妹妹。王秀娥对我们各位的家庭成员了如指掌，一来我们父母大多是她学生；二来都是一个村子的，屁大点的地儿，想搞不清楚都难。

升级考试那天，王秀娥在黑板上出了50道算术题和一些看图写字、拼音组合之类的语文题作为考试的题目，没了火柴棍的帮助，我的算术题错了三分之一，以62分的成绩险过。

王秀娥说我要是再多错两道题，就得让我留级。那时升级把控十分严格，如果真留了级，我和周天明、李学博，以及其他小伙伴就不可能朝夕相处，每天在一起了。我所见到，我所遇到的人和事都会不同，甚至人生经历就此发生改变……

第三章

新教室

自从升了一年级后我们就换了教室,全班从那个巨大的乐园里搬到了学校东南方向相对较小的教室,那里并排着五间教室,从东到西分别是1~5年级。也不知道谁规定的,每间教室总是固定的年级,而我们需要一年搬一次,五年搬了五次。原本我们有42个同胞兄妹,可有两个在一年级时被留了级,其中一个是张曼雅的弟弟。

教室虽小了点,但装下我们绰绰有余。相对于育红班那个古董级老房子,这间教室就通透明亮多了,有左右六扇大窗户,一踮脚就可以从窗户看到四米之外和长城一模一样的学校南围墙,围墙是由大块的蓝砖垒建而成的,墙体宽厚,每隔几米就有一个凹槽,从校外看,墙体巍峨耸立,有五米多高,但在校内,墙垛不会超过两米,凹槽处不过一米来高,可见整座学校是建造在高台之上的。这一点和长城也颇为相似。

那间堪称宏伟的育红班教室和这高大的围墙砖色相同,砖块大小一致,想必当时建造的很统一,也很完善。

我们所占据的这几间教室是红砖房,应该是20世纪80年代前期翻盖的,村子里这种房子不在少数,我爷爷给我叔叔盖的婚房就是这样的,只不过里面的结构有很大差异,用料基本相同。房顶是由木椽和密密麻麻的芦苇铺成的，一根挑梁大柱横亘于整间屋子，无论是教室还是人住的房子，窗户都从上到下竖着几根手指粗的铁棍，间距差不多有十几公分，为的是防盗。

在教室和学校围墙这四米之间，生长着几棵槐树和椿树，从毫无规则的间距和散漫的长势来看，应该是自由发芽生长而成的，并非人工有意栽植。树干差不多有腰粗，枝叶高高长过屋顶，在夏天义无反顾站在我们教室南面，奉献着阴凉。

从一年级开始我们有了至少两个正式老师，教语文的和教数学的。科目也有了清晰的划分，偶尔也会有别的老师来给我们上一堂美术或者音乐课。语文老师叫王春芳，一直到五年级都是我们的班主任。她也是这所学校里元老级的教师，教过的学生成百上千，可无论是新生还是已经离开这座学校的大孩子谈到她无不恨得牙根痒痒，原因也林林总总。

"周天明、李学博，你俩给我站起来。"正在讲台上讲课的王春芳突然厉声斥责道。

我早就看到他俩在交头接耳议论什么，夹杂着小动作，边说边笑，把脸憋成了猪肝色也不敢笑出声来。听到老师呵斥他俩，别的同学也纷纷将目光聚焦过去。

周天明和李学博的笑脸戛然而止，像是受过专业训练的影视演员。

"你们俩说什么呢？这么高兴。说出来也让大家乐和乐和。"

他俩都低着头默不作声。

"说啊！"王春芳又重申一遍。

"没说什么。"

"没说什么，你们俩在笑什么？笑空气呢？"

"……"

"李学博，周天明跟你说什么了，不讲清楚今天咱就不上课了。"

李学博忍俊不禁，还没开口就又自己笑起来："周天明问我，鼻涕是什么味儿。我说不知道。他说你猜猜是甜的还是咸的？我说咸的。他就说，你怎么这么清楚，是不是吃过？"

李学博说完，全班大笑，就连王春芳也没忍住。

平日里王春芳是个不苟言笑的人，对于她这次被意外逗笑的过程，我观察得很仔细，李学博说完，王春芳脸上的表情从严肃变得随和，有点儿想笑，但忍住了，然后在我们笑声的持续感染下，她的鼻孔由于努力克制笑意而变得比往常更大，脸也更红，她在讲桌前动动黑板擦，挪挪粉笔盒，拼命想掩饰一下想笑的情绪，最后终于还是没绷住，扑哧一声笑了出来。

她问周天明："你怎么判断李学博说得对不对，你是不是也吃过？"

周天明笑："没有，我也是猜的。"

很快王春芳就言归正传："强调一百遍了，上课就好好听课，有什么话不能下课说，课间十分钟还不够你们笑吗？"

对于王春芳这话我要表达一下异议。由于我们大部分时间都是在学校，一天当中的课间时间加起来也不过一个小时，我们所有好玩的事情，很难都恰巧集中在这一个小时里，并且还可以讲给小伙伴们听。很多时候，我们发现好玩的事情都是在课上，快乐又是有时效性的，你现在不说，压制着，等你再要说时，快乐程度将会大打折扣，这是谁都有过的体验。有话不说和有屁不放是一样的，憋着难受。其实说这些也是白搭，老师不可能认同我们，并且许可我们这么做。所以啊，我们就偷摸着，老师看着了该管就管，该训就训。看不到，我们就等于捡了一个便宜。

王春芳站在讲台上居高临下，目光在班里扫视了一遍，说："赵瑞你和周天明交换一下座位，现在就换。"

赵瑞在最后一排的东北角。

周天明向那个角落瞅了一眼，急忙向王春芳求情："老师，我不想去那个角落，我保证再也不上课说话了。"

说着还举起了右手，做出发誓的动作。

王春芳不为所动："不行，你都保证多少次了，你和李学博在一块儿就没有消停过，这次必须换。"

她旋即又向赵瑞发话："赶快行动！"

赵瑞极不情愿地猫下腰，在桌斗里慢悠悠地收拾东西。他把书本一本本摞在自己板凳上，搬着凳子慢慢腾腾来到周天明跟前，无所适从地抿抿嘴，向周天明显示自己也很无奈。

"快点，大家还等着上课呢。"王春芳又催促道。

周天明收拾书本时，故意摔摔打打弄出巨大声响以示对王春芳安排的强烈不满，王春芳对此并没有理会，等他俩重新坐定之后，才开始继续上课。

第一节课的课间，王春芳没有回办公室，她在讲桌上写了会儿教案，往常不是这样的，虽然连续两节课都是她的，但下课后她就回办公室了，等上课时再来。我猜想她之所以没走，是想镇压一下周天明，以及因为这件事给班里带来的一些不良气氛。

直到第二节课她离开教室我们才松了一口气，王春芳在教室的这个课间，且不说没人敢大声说话，就是在外面也总感觉有一双眼睛在寸步不离地盯着自己。这和她回办公室是两种截然不同的感受，我们属于那个集体，而我们知道那个管理人就在那个集体里，这从心理上就无法放松，无法自由自在。

对唾沫星子深恶痛绝

等王春芳一走，我就去跟周天明"道喜"了，问他搬了新家，感觉怎么样。他往后墙上一靠，唉声叹气地说："这是要置我于死地啊。"

我左右看了看，开他的玩笑："这地儿多宽绰啊，想怎么坐就怎么坐。"

他瞄了我一眼："要不咱俩换换？"

"你去问老师，她同意我就换。"

周天明翻我一个白眼："白说，她要同意我能到这儿来？"

然后泄愤似的随手拿起一本书又开始摔摔打打。

我说："是语文老师罚你到这儿的，你摔数学书干吗？"

他看了一眼，换了语文书更大力地摔打，敲打没几下，纸张就碎裂开了。

我从窗户里看到数学老师孙慧兰从办公室出来了，连忙制止了他："停停停，数学老师来了。"

周天明停下来，欠着身子向窗外张望，说道："还没上课呢，就过来了？"

"从大早上到现在，在办公室硌了两小时硬板凳，可能早就觉得没意思了。"我笑着调侃道。

孙慧兰右手拿着课本，左手端着一只保温杯。无论什么时候上课她都要携带一杯水，但我怀疑她并不是由于讲课说话太多而不得不润润喉咙，而是单纯地特别爱喝水。她就算上自习课坐在讲台上不说话，也要喝完整整一杯。

多喝水的好处显而易见，除了补充身体必要的水分以外，也能利于各个脏器排毒循环，使身体更加健康，因而她的嘴唇看起来总是很滋润，甚至湿漉漉的。翻书或者批改作业时，食指总是要在嘴唇上抹一下，沾点口水来提高翻书和翻作业本的效率。

这一点我仔细观察过好几个老师，就拿语文老师王春芳来说，她不爱喝水，她要是想沾点口水翻书，总要伸出舌头来，不然干巴巴的嘴唇沾不到水分，就是不知道她会不会觉得手指太咸。

第三章

多喝水对孙慧兰本人好处多多，这不用说，但她这种好处对我们来说却是间接灾难。每一个遭受过她近距离批评的人，都经历过那种折磨，由于她的嘴唇总是湿漉漉的，每当她急赤白脸地说到那些爆破性字眼时，细碎的口水就会喷射到我们脸上、额头上、头发上，甚至嘴唇上，这让我们感到无比恶心，碍于情面，想擦又不敢擦。所以每次她训我时，我都记不清楚批评内容，我的注意力总是集中在如何巧妙地躲闪她那喷壶一样的嘴巴。

说实在话，我很同情坐在第一排讲桌前面的那几个同学，他们为了躲避孙慧兰的喷射，把课桌通通往后移了，第一排和第二排的间距是正常间距的1.5倍，上课时他们通通昂首挺胸，板凳尽量靠后挪，像很认真听讲的样子。虽然他们本人有幸逃脱了孙慧兰的荼毒，但他们的课本和作业本却没有这么幸运。据他们说，每次孙慧兰上完课他们的书本都是潮的，至于真伪我没有亲自验证过，我并不愿意去多看那样的画面，甚至不愿多想。

孙慧兰扭着略显臃肿的身体，慢吞吞地向教室走来，一边走一边左右看看，像过马路一样，防止追逐打闹的孩子不小心撞到她。

赶在孙慧兰来到教室之前我溜回了自己的座位，把语文课本收起来，开始准备数学课需要的书本和工具。孙慧兰登上讲台，把讲桌底下的椅子抽出来，稳稳地坐下，眼睛随意盯着门外的什么东西出神，刺溜刺溜喝起了水。

敲了上课钟，同学们陆续跑进教室，有些同学看到孙慧兰已经在讲台上，本能地以为自己迟到了，本来脚已经迈进了教室，却又退了回去，惊诧而又疑惑地打一声报告。孙慧兰见状，似乎为自己过早来到教室而感到抱歉，连声说："进来，进来。"

孙慧兰老师娴熟地翻开了课本，找到了即将讲解的那一节，她轻轻地用手掌按住书页，以防它再次随意翻动。然后，她端起手边的水杯，优雅地啜饮了一小口水，清了清嗓子，清晰而有力地说道："今天我们要讲第三节的内容。"

要开始讲课了，我的同桌张曼雅还没回来，于是我举手向孙慧兰打了一个报告："老师，张曼雅还没回来。"

孙慧兰问我："去哪儿了？"

我说："不知道。"

"上节课在了吗？"

"在了。"

这时李晓也打了个报告，说："李学博也没回来。"

话音刚落，张曼雅就哭哭啼啼地出现在了教室门口，不进来也不说话，一个劲儿用手背抹眼泪。

紧接着李学博也趿趿拉拉地出现在了门口。

孙慧兰愣了一下神儿问："怎么回事啊这是，进来说。"

张曼雅说李学博打了她。

孙慧兰问李学博："为什么打张曼雅？"

李学博说："她弟弟用唾沫啐我。"

对此张曼雅并不认账，她说："我弟弟有唇腭裂，根本就吐不远,不可能用唾沫啐你。"

"就是啐了,有两个唾沫星儿溅到了我脸上。"

他俩自顾自地争论起来,把老师孙慧兰晾在了一边。

孙慧兰问张曼雅:"你弟弟是谁?"

"我弟弟一年级时留了一级,现在咱们是五年级,他在四年级。"

孙慧兰点点头,想起来似的哦了一声:"我有印象。"

她跟李学博说:"那孩子不可能啐你,这我知道。"

"啐了,有两个唾沫星儿溅到了我脸上。"

"就算是这样,你打人家张曼雅干什么?"

"她先打我的,她和她弟弟一块儿打我。"

张曼雅说:"我没有打你,你和我弟弟打起来了,我是在拉架。"

"那你老推我干什么?"

"行了,别说了,我知道怎么回事了。"孙慧兰打断了他俩的争辩,"我说李学博啊,人家两个唾沫星子喷到你脸上你就要打人家?曼雅拉架你就连曼雅一块儿打?你讲不讲理?"

我不知道其他同学是怎么看待这件事的,尤其第一排的同学是怎么看待的,孙慧兰可能根本不知道前排的同学对唾沫星子是多么深恶痛绝,他们被唾沫星子日复一日地摧残着,且有苦难言。当在其他地方再遇到类似情况时,会不会自动触发了积怨已久的愤怒情绪?会不会有这种情况?

孙慧兰把错都归咎于李学博,她让张曼雅回到了座位上,却没有让李学博回去。

从他的神情来看,对于孙慧兰的批评他表示很不服气。

孙慧兰又说:"你把打人的劲儿用在学习上行不行,你看看你这次考的分,我都懒得说你。给我站到后面听课去,因为你耽误大家多少时间。"

李学博被罚站了两节课,中午放学大伙陆陆续续回了家,他一屁股坐在就近的一张凳子上,如释重负地舒了一口气:"累死我了,腿都站僵了。"

教室里只剩下我们六个值日生,我是一组之长。组员包括李学博、李晓,还有三个女生。想来惭愧,在我的整个求学生涯中,唯一和"干部"沾边的职位就是值日组长,而且在小学五年级就达到了人生巅峰,之后就再也和班干部无缘了。

大伙儿都已经开始值日了,邢雨嘉对不干活儿却一个劲说闲话的李学博有了意见:"你说话可以,但是你能不能一边值日一边说。"

李学博的语气中带着些许不悦:"我休息一下又怎么了?你难道站俩小时不会觉得累吗?"

"你歇这工夫我们都干完了。"

"你说我干哪儿,你给我留下,这总行了吧,我又不是故意偷懒。"

有人干得多了,有人干得少了,为任务分配不均而闹不愉快时有发生。我跟她们三个女生说:"你们一人扫一排座位,其他什么都不用管了，干完你们就回去吧。李学博的活儿，我和李晓替他干。"

邢雨嘉耷拉着脸从地上捡起笤帚去了最北边的一排。

李学博这下高兴了，原本暗淡的眼神里骤然放出了欣喜的光芒："真的？"

"真的。"

她们三个女生差不多扫了整个教室面积的三分之一就走了，剩下的三分之二和倒垃圾的活儿，由我和李晓完成。

后来我发觉这样做很不妥当，有点过于明目张胆偏袒李学博了，这不利于我管理组员，我不知道我后来再也没有当过班干部和这个有无关系。

李学博见爱多管闲事的女生离开后，说话也肆无忌惮起来，开始讲孙慧兰的不是，说道："老师真不公平，不分青红皂白就让我站两节课。"

我问李学博上午的真实情况到底是怎样的，和张曼雅弟弟打架时，张曼雅真的是在拉架吗？

"拉屁架，张曼雅就一帮凶，就算拉也是拉偏架。"李学博说起来仍旧满肚子怒气，"我打她弟弟的时候，她就拉，她弟弟打我的时候她就不拉了。"

李晓说："不至于吧，女生这方面懂不了那么多，我觉得她们甚至都不知道拉偏架是什么意思。"

虽然我也没有目睹事情的经过是怎样的，但我还是觉得李晓讲得太过主观。李学博和张曼雅的弟弟打架，张曼雅掺和其中，就算她真的不知道拉偏架是什么意思，并不是有意去这样做，可也抵挡不了她情感上想多帮弟弟一点，她见弟弟一直在挨李学博的拳脚，很难做到不去极力劝阻李学博持续动手，虽然她没有生拉偏架的心，但是很可能产生了拉偏架的事实。

李学博说："算了，不说这事儿了，没有公平可言，老师也不分青红皂白，连话都不让我说完，她就是认为谁哭谁有理，谁哭就是谁受了委屈。"

李晓逗起了李学博："你也可以哭啊。"

"我哭啥，我把人家打了，我倒哭了？但是吧，你别看他们两个人，那他们也没沾光，要不是上课了，还打呢。"

说到这李学博又愤愤不平起来，"我腿现在还麻呢，要罚站也行，都得罚，凭什么单罚我？你们见过没有，村里好多墙上分明写着'男女平等，生男生女都一样'。可依我看，我们男的地位确实需要提高啊！在家，我爹听我娘的，我娘待我姐姐比我亲，在学校老师又偏向女生，你们说说，我们男的还能活吗？"

李学博引述的那句标语，原本是村里计划生育的宣传语，意在驱散人们心中那份重男轻女的迂腐思想。可谁曾想，经过他的一番歪解，我居然觉得头头是道，非常在理。每家每户以及学校的情况也确实像他说的那样，他们更偏袒女生。

打扫完毕后，我和李晓把放在课桌上的凳子一一归位。李学博起身开始帮忙，他把板凳扔得哐当乱响，几乎是从桌子上搬起就松手。"你要是干就好好干，还累你就再歇会儿。"李学博听出了我是拿话刺儿他,嬉皮笑脸的倒是也听了劝,开始轻拿轻放。

我号召他俩赶快打扫完,然后回家吃饭。早上出门时,我妈告诉我今天中午包饺子。

刚要大功告成,我从窗户里看到张曼雅的奶奶带着她和她弟弟怒气冲冲地朝班里走来了。我想起放学时张曼雅匆匆忙忙收拾完书包,第一个就冲了出去,现在看来是知道李学博今天值日,抓紧时间搬救兵去了。

老太太进门就问,谁叫李学博。我们谁也没有吱声,但无意中我和李晓向李学博投过去的眼神出卖了他。我发誓,我只不过是想关切地看看李学博,想报以安慰。李晓一定也是出于这种想法,但是这一举动却给了张曼雅的奶奶明确暗示:我们目光所向的那个人就是。

老太太朝李学博走近了几步,张曼雅和她弟弟也跟了过去。
"你就是李学博?"

"我是。"

"嘀!这么小个子还敢打俺孙子?你怎么这么霸道呢?"

李学博那时候个子确实不高,他没有张曼雅高,也没有张曼雅的弟弟壮。但事实证明打这场架张曼雅和她弟弟并没有沾光,不然也就不会去搬救兵了。

"说,为什么打俺孙子?"

"你孙子啐我。"

"他平白无故就啐你了?怎么不啐别人?"

"我着急去厕所,不小心碰了他一下,他就骂我。"

"他骂你什么了?"

"我没听清,他嘴说不清话。"

"没听清你就知道俺孙子骂你了?"

"我看他那个样子就知道他在骂我,我也就骂了他一句,他就啐我。"

"你这孩子咋这么不讲理啊,没听清俺孙子说什么凭啥就认为俺孙子在骂你啊。"

站在一旁的我,一时也有点搞不清到底是谁蛮不讲理。张曼雅的弟弟有唇腭裂,一般人很少能听清他讲什么,除非是他家人。张曼雅奶奶以此为理由,说没听清就是没有骂。

很多年后,我问李学博当时是怎么判断张曼雅弟弟确实骂了人的。他说,我不能确定,只有张曼雅的弟弟自己知道。那我又说,如果人家没骂你,而你确实骂了人家,那就是你不对了。李学博说,你这人怎么跟张曼雅奶奶一个德行啊!我根本就不用确定他是不是骂我了,他说不清话我干吗还非要听?我就看他那架势,一个人是不是友好你从口气和架势上就能看出来。一个表情凶恶、气焰嚣张的人能说出什么好话吗?真是的,打了这么多架了怎么还把基本功忘了啊!

张曼雅奶奶见李学博不说话,转而恫吓起来:"小小年纪不学好,老师怎么教你的,我跟你说,以后再敢打俺孙子,我就告诉你爹,我知道你爹是谁,让你爹打你。"

老太太说这话时,李学博始终保持着一副吊儿郎当的架势,我知道他心里有一万个不服。

　　这场虚张声势的搬救兵运动没有引起我担心的可怕场面，基本上是以老太太警告式的恐吓和李学博死猪不怕开水烫的无所谓态度结束的。

　　一番训斥之后，张曼雅的奶奶领着她和她弟弟扬长而去。李学博望着窗外他们离开的背影，骂骂咧咧："告诉我爹，大不了就是挨一顿打，随便，又不是没挨过打，但是我挨一次打，你孙子得挨两次。"

第四章

冰释前嫌

天气闷热得像个蒸笼，一连几天令人烦躁的潮热天气之后，终于迎来一场大雨。这是我记事以来下过最大的一场雨，不光是我，就连许多大人都说没见过如此气势汹汹的降雨。我爸说还是他小时候见过一次，这么多年来是第二次。最猛烈时用瓢泼一词都不能来形容那阵势，劈头盖脸的粗大雨柱打在身上会让人忍不住叫疼，狂风把街上的雨伞都掀了顶，当时我就想，历经过这场大雨洗劫的雨伞再用个三四年是不成问题的。

下雨那天是星期二，一大早就开始下了，起初还不算太大，我吃过饭搬了一把椅子坐在屋门口等着雨停，然后好去上学。眼看过了八点快上课了，雨反而越下越大。我心里不由窃喜，终于可以光明正大地在不是星期天时休息一下了。我以前就这么干过，趁下雨下雪等恶劣天气时就不去学校，在家随便做点什么，不用装病，不用逃课，爸妈也不会训我，自由自在，而且毫无愧疚之意，甚至连作业都没有，应该再也不会有比这意外得来的假期更惬意的事了。

事实上，这天上午如果去学校比在家要有趣得多，这是中午放学后王俊良来我家告诉我的。王春芳下达了一个指令，上午在学校的同学要就近向没来学校的同学传达一个消息，王俊良离我家近，所以老师让他做了通信员，也因为这个契机，使我们俩得以冰释前嫌。

虽然我俩家离得很近，但自从育红班开学那天我俩怄气，我们就再也没有主动在一起玩过。很多年后，我和王俊良回忆起这事仍觉得不可思议。

事实上我早就不生他的气了。好多次我们在和其他人的共同游戏中，不可避免需要有交流，简单的肢体接触，三言两语的对话，都有过。只是王俊良那句信誓旦旦的"我一辈子都不会理你"让我和他重归于好的愿望有着巨大的颜面阻力，我不知道他是不是在游戏中因为不得不和我接触，才勉强做出友好的样子，所以我也不好和他有进一步的互动。

中午放学时雨还在下，但明显缓了很多。我在屋里听到有人在外面喊我，跑出去看到是王俊良时不由得吃了一惊，万万没想到他会突然来找我。他披着一块塑料布，身体严严实实地缩在里面，生怕一不小心就会淋湿自己。

他说："班主任让我来告诉你，如果下午继续下雨就放半天假。"

我听到这消息高兴坏了，当即就有点儿手舞足蹈。一上午我都在虔诚祈祷，老天爷呀，继续下吧，实实在在下一天，一年可下不了几次这样的大雨。

祈祷总该有个缘由，如果我说我是不想去上学，求您满足我的愿望，老天爷很可能不会同意。所以我换了一个理由，我说，您知道的，庄稼旱了很久了，它们迫切需要这样的甘霖哪，下吧，农民伯伯一定会对您感恩戴德的，求求您啦。我之所以这样祈祷是因为我觉得有大爱的祷告更容易被俯听。

我告诉王俊良我的祈祷之后，王俊良说："要求就往大了求，万一实现了呢。"

他说他也不想上课，他希望下个四天四夜，一直下到周六，周六日也不用上学，这一周都休息。说着说着情不自禁笑了起来，仿佛老天爷已经允诺了他。

我问王俊良今天上的什么课。本以为他会说，上了自习课之类的。凭以往经验，因为某些原因不讲新课时，都是上自习。

但是说到这个问题王俊良笑得更欢了。

他说："今天上午差不多有一半学生没去学校，所以老师就没讲课，让我们在班里自由活动，随便玩什么，也不用担心上课时间，整整玩了半天，今天上午连钟都没敲。"

自由活动半天，自从上学五年以来还没有遇到过这样的事，我为错过了这样的特殊经历感到非常懊恼，反观自己一上午在家的安排就逊色多了。在决定不去学校后我先是窝在沙发上，双脚放高，准备舒舒服服看一会儿电视，可大早上的并没有什么好节目。我妈以雨天有雷不宜开电视为由给我关了，并催促我复习功课。

开始学习之前，我先去厕所方便，在厕所和几只蚂蚁玩了将近二十分钟。出来之后，洗洗手，又吃了一个苹果。然后才将课本从书包里拿出来，放在面前边学边玩，敷衍了事，就算这样也觉得比他们在教室里活受罪要好得多。然而，现在王俊良说，人家有说有笑玩了一上午，我后悔蒙了。

王俊良回家以后，我默默在心里长了一个教训：以后越是刮风下雨，越要去学校上学，越是恶劣的天气越要去，哪怕是下冰雹也要去，学习应该是风雨无阻的。

一张假币

我妈拿着酱油壶从厨房着急忙慌出来，说："平时想不起来，一到做饭时才想起酱油没了。"

她支使我去打点酱油，等着急用，让我快去快回。我还没有从刚才的坏情绪里挣脱出来，对她的话有些心不在焉，懒洋洋地起身去抽屉里拿了五毛钱带上酱油壶和一把雨伞磨磨叽叽出了家门。

我站在家门口犹豫着要去哪个小卖部，最近的就是老张家的小卖部，可我最不愿意去的就是那儿。原因是我曾经在那儿试图花一张假钱却被老张媳妇儿识破了。

那是我在上学路上的垃圾堆里捡到的一张面值十元的人民币，但是软绵绵的一看就知道是假的，连我这种基本没有识别人民币真伪知识的人也知道是假的。我也猜到一定是有人花不掉而故意扔掉的，可还是心存侥幸地认为或许自己可以花掉。

我从小就自负地认为自己比任何人都聪明能干。数学老师孙慧兰总是爱拿爱因斯坦的智商说事儿,好像他的智商就是人类天花板似的,没人比他再高了。我心里很不服气,心想:我这脑瓜子,怎么着也得比爱因斯坦灵光几分吧!

我想着各种可能的办法,把这十块钱顺理成章地花出去。要是拿这钱去买根辣条或者泡泡糖,老板可能会以为我是从家里偷的钱。或许为大人买东西是最不容易被怀疑的,比如给我爸买瓶酒?可那太贵了,如果这钱真的花了出去,我是想将剩余的钱当作我私人小金库的,所以剩下越多越好,用最小的代价把假币花出去,换取真币,这是我的终极目的。那买个灯泡吧?一块钱,便宜又保险,可家里暂时没有坏掉的灯泡,买了也没用。我眼巴巴瞅着手里的那张略显破旧的人民币,脑海里筛选着小卖部各种各样的商品,愁绪万千。

哎?或许买一斤饼干老板就不会认为我是偷的了,他理所当然认为这是经过家人同意的,并且买饼干也符合我这个孩子的身份,谁家孩子不吃饼干呀?对,决定了,就这么干。

那天下午放学后我慢慢悠悠去了老张家的小卖部,离得越近,心跳得越厉害。我身体里的两个小人儿又起了纷争,正义小人儿瑟缩地扯着我的衣角说:"主人,别去了别去了,让人家识破了可怎么办呀,爸爸妈妈都要跟着你丢人呀。"

邪恶小人儿拼死拽着我的手臂往前走:"那万一识不破不就赚了吗?十块钱可不是小数目,主人两个月的零花钱就有了。再说了,就算被识破也可以说是亲戚给的啊。"

正义小人儿眼含热泪,委屈地哭诉:"哪个亲戚给的?叔叔姑姑、舅舅姨妈都是本村的，谁都认识，说谁也不光彩啊。"

"你傻啊，你不会说是远房亲戚给的啊。"

我回过身抚慰着正义的小脑袋，说："小正，没关系，我觉得小邪说得有理。而且我这么聪明，一定可以花出去，你放心。"

正义小人儿松了我的衣角，不再任由我和邪恶小人儿拖着他往前走，他难过地向我咆哮："主人，别去了，回头是岸啊。"

我转过身对正义做出一个"嘘"的手势，然后就跟着小邪义无反顾地过去了，我暗示自己坦然一些，别轻易让人起了疑心。

小卖部里空无一人，没有目光聚焦在我身上，这让我胆子更大了一点，我喊道："有人吗？"老张媳妇儿从里屋出来，手里抓了一小把瓜子，她问我买什么。我说买一斤桃酥。

老张媳妇儿把瓜子呼啦放在面前的玻璃货柜上，腾出手来，食指在嘴唇上一划拉，转身从身后的高货架上扯下一个塑料袋，去箱子里抓桃酥。我从口袋里把那张假钞拿出来，对折了一下，这样可以使软绵绵的假钞看起来板硬一些。老张媳妇儿提起塑料袋在秤上一约，又在箱子里抓了两个放在袋子里，正好一斤。她娴熟地系好袋子放在我面前的玻璃货柜上说："三块钱。"

我暂时还没心思去瞧那香脆的桃酥，伸手将那十元假币递出去时极力掩饰内心的惊涛骇浪，但是我能感觉出来，我的神情看上去相当从容。

"假的！"老张媳妇儿言简意赅。她只是将钱接到手里展开的工夫就发觉到那是张假币。

那张钱实在是太假了，没能骗过老张媳妇儿的慧眼。不，她还没有用眼睛仔细辨别就只是用手指的触感就识破了，随之将钱嫌弃地扔在柜子上。

"假的？怎么会是假的呢？"我佯装无辜拿起那张假币，就地表演起来。她没说话，抄起几颗瓜子放在手心里，又嗑起来。

我向她解释说："这是过年时我亲戚给我的压岁钱，怎么会是假的呢？"

她剥了一颗瓜子，用一种无所谓的态度说："哼！不知道。"

我正在想怎么化解这让人无地自容的尴尬处境时，她儿子也从里屋出来了，她儿子和我一般大，但是因为晚上一年学，比我低一级，读四年级，平时也并无交集。

他问道："怎么了，什么事啊？"

老张媳妇儿衔着一颗瓜子，有些含糊不清地说："假钱。"

老张儿子好奇地凑近我手里的钱一探究竟，说："这和我前几天收的那张假钱好像啊。"

老张媳妇儿冷哼一声说："就是那张！"

"那他怎么会拿着？"

"你问问他。"老张媳妇儿嘴一努，让她儿子问我，但她儿子没问。

老张媳妇儿睨了我一眼，然后跟她儿子说："今天早上我倒垃圾的时候扔了。"

第四章

　　这话如同一声惊雷,劈得我不知所措,我那稚嫩的羞耻神经啊,脸上火辣辣地滚烫。

　　我本以为最坏的情况无非是被识破被拆穿,没关系呀,那时我可以装作不知情,装作被亲戚坑害的无辜小朋友,饼干买不成就不买了,从容不迫地离开就是,她也不会说我什么。然而这个结果是我无论如何都不曾设想到的,我居然拿着一张人家扔掉的假币又来人家这里企图白白得到一斤桃酥,再换取七块钱的真币。

　　我什么话也没说,放弃了任何狡辩的手段,硬着头皮转身走出来,我知道我的脊梁骨正遭受着无声的、污秽不堪的谩骂,虽然我没有听到,但这声音一定存在。

　　我在家门口想到这令我汗颜的糟糕经历,毅然决然去了另一家小卖部。

　　一进小卖部的门就高举着酱油壶喊:"打两斤酱油醋。"

　　老板一家已经开始吃饭了,她放下筷子,嘴里嚼着食物接过我手里的皮壶说:"打酱油还是打醋?"

　　我愣了一下神儿,还是说:"打酱油醋。"

　　"酱油是酱油,醋是醋。"她拧开壶盖闻了闻说,"这是酱油壶。"然后就往壶口上放了一个铁漏斗,从一口大缸里用油提子咕嘟咕嘟倒了两提。

　　从那次我才知道酱油醋其实是两种不同的调味品,这也难怪,酱油醋是我妈一贯的统称,家里每每吃完了酱油或者醋,她都是两个壶一块拿着,说:"我去打点酱油醋……"为的是一次装满，省得老为了这些琐事跑趟儿。我耳濡目染"酱油醋、酱油醋"，时间久了，我以为这就是做菜时往里倒的深褐色液体的统称，丝毫没有种类划分的概念。

发洪水

  在我们吃午饭的当儿，雨停了，我以为美梦化成了泡影，下午铁定还是要上学了。我削了一支铅笔，把书本放进书包，准备去学校时，雨又淅淅沥沥下了起来，不到十分钟地上噼噼啪啪起了水泡儿，湍急的水柱源源不断地从屋檐瓦片里蹿出去好远。雨一大就有了水雾，我站在门槛里，飘忽的水汽透过竹帘氤氲在我脸上，凉爽怡人。

  看样子下午放假又成定局，随之心情也跟着愉悦起来。直到现在每当下雨天我还是会心潮澎湃，不知道是不是那时候植下的因果。

  雨陆陆续续下了三天三夜，真被王俊良一语中的，在这期间我们一直没有上学。星期三下午，校长在村大队广播喇叭里发布了口头通知，什么时候雨停什么时候开学，让我们尽量在家待着，减少外出，注意安全。

  雨在星期五凌晨基本停了，经过几个小时的平息，早晨去上学时，我发现整个村子都被囚禁在洪水里，人们走在街上统统挽起裤腿，蹚着没脚踝深的雨水，碰了面聊的都是怎样有效疏导洪水。

走到学校门口时看到老师们正站在洪流里护送学生"过河"。学校门前是个"V"形的地势,两边都是高台,中间低凹。四面八方的水都汇聚到了这里,主要干流是从村西和隔壁村流过来的,途经校门口,然后又流向村北更低洼的荒地里。

校长以身作则,他将裤子挽至大腿根儿,定定站在没过膝盖的洪流里。在他身后的是数学老师孙慧兰,对面是六年级的一个男老师,男老师身后是我们的班主任王春芳。四位老师两两在左,两两在右,形成一个夹道,好能保证从他们面前经过的每一个学生都是安全的。

学生们也都将裤腿挽到了大腿根儿,在河岸排成两条长队,按部就班地等待老师将他们一一护送过河。校长从河岸拉过一个学生,递给身后的孙慧兰,孙慧兰紧紧拉着他们,一直等他们双脚都踏上了对岸才松手。二年级以下的学生,由于个子小,体重轻,老师们索性直接将他们抱到了对岸。

"嘿,向阳,向阳。"我听到有人喊我,一抬头看到周天明和李晓在"长城墙"的凹槽处高举着手臂向我呼喊。

我也笑着向他们打招呼,三天没见还真有点儿想他们。我被那个男老师和王春芳护送过河后连书包都没放就跑到了"长城墙",周天明给我腾出一个地儿,说:"快来看看多壮观。"

我趴到墙上向下一看,忍不住惊叹,虽称不上波澜壮阔,但比在电视上看到的小溪小河要澎湃得多,流速也很快,长时间盯着一处甚至会有一点眩晕感。

我说:"刚才过河时,脚底下轻飘飘的,一不小心站不稳就真被冲走了。"

周天明说:"我不怕,我觉得我会游泳。"

"你学过吗?"我说这话并不是质疑他会不会,而是非常确定他不会。

周天明还在嘴硬,他说:"没吃过猪肉还没见过猪跑啊,在电视上经常看到他们游泳,看着没什么难的,就是手往前划,脚往后蹬,互相配合。"

说着他还示范了一下蛙泳动作。

我嗤之以鼻,问李晓:"你信吗?"

李晓也说不信。

见我们都不信,周天明便赌起了咒,他说:"不然咱们明天去你家西边坑里试试,坑里现在肯定有好多水。"我爽快地答应了他。

我家西边有个巨大的坑,从我出生时它就存在,这么多年一直荒废着,没有明确的用途。由于地势低陷,每当下雨我们周遭的雨水都流向那里。后来一想,或许这就是它最大的用处。农村不比城市,没有完备的下水道系统,这样一来,每一片区域有个汇聚洪流的大坑就显得非常必要。

往常下雨总有孩子在里面玩水,但并不是游泳。一是水位达不到,二是雨水说起来总还是不太干净。他们把裤衩一直挽到大腿根儿,把裤裆卷细夹到屁股沟里,在坑里蹚来蹚去,互相撩水玩闹取乐。常在河边走哪有不湿鞋的，常在水里蹚哪有不湿裤子的？我纳闷儿既然这样他们还挽什么呀，反正最后回家总是要换衣服的。谁想玩水直接跳下去就是，一下子湿个痛快，省得在衣服一点点浸透的过程中又无力挽回，心理上备受煎熬。

周六放假，我和李晓要周天明亲自给我们证明他会游泳。到了坑边却看到一帮大孩子三三两两地拿着窗纱，一手在水面上，一手在水面下弯腰捞着什么。一开始我以为是在捞青蛙，走近一看才发现桶里都是泥鳅和类似西瓜片一样不知名字的鱼。

在坑里我看到自家的一个哥哥，我在岸上喊着问他："坑里怎么会有鱼呀？"

他说："你还不知道哇，连下了三天雨，教堂圣母山前边的池塘水位溢了，鱼都跑出来了。"

我和身边的周天明、李晓惊喜地对望一眼，又继续问："里面多不多？"

他说："还行吧，两个小时捞了那些。"

我低头数了数，有七八条。

教堂在这个坑的西南方向，离得倒不是太远，也就一百多米，但是短短的距离拐了三个直角的弯儿，鱼能从那个池塘里越狱到这个大坑，估计它自己一辈子都想不到。不过仔细想想也不是什么匪夷所思的事，池塘水位暴涨，有些鱼或许是出于好奇想到外面看看，有些鱼可能是完全被动被冲出来的，不管你情愿不情愿，只要一出门就算踏上一条不归路，想再逆流而上是不可能了，随波逐流吧，于是躺着就到了这个新世界。

我跟他俩说："咱也捞鱼吧。"

周天明说："行是行，可拿什么捞哇，我家没有窗纱。"

李晓说："我家有，今年我家刚换了新窗纱，旧的放着也没用。"

"那敢情好哇！"

我们去李晓家拿了窗纱，又从我家拿了一个桶。噼里啪啦就下了水。

至于周天明会不会游泳，那天光顾着捞鱼了，也没让他示范。很久以后我才见识到，他那就是狗刨。

第五章

一个周末

　　周六周日不上课,但如果老师加倍布置作业,就等于换了个地方学习,那这美其名曰的休息时间就没有任何意义。这根深蒂固的观点在我整个求学生涯中从来没有改变过。尤其是当我为天生不感兴趣的数学题而焦头烂额时,这感觉异常强烈。
　　"这他妈实在是太难了。"我没好气地把圆珠笔往桌上一摔,它顺势滚了几个滚儿,笔尖朝下掉在地上。我心想,完了,废了。捡起来往纸上一画,果然断了油。我抬腿把桌子踹到了一边,坐在我家院子的梧桐树下,心烦意乱。
　　我听到巷子里有细小的说话声和脚步声,越来越近,直到临近我家门口才听出是李学博和王俊良。李学博进门刚想张嘴喊我名字,却发现我就坐在院子里就又闭上了嘴,那表情就像打了个哈欠。
　　他俩笑着朝我走过来,我问他们:"你俩写好作业了?"
　　李学博说:"没有,着什么急啊,哪次不是玩够了再写。"
　　我说:"关键我不会写。"
　　王俊良说:"关键我玩不够。"
　　王俊良说这话虽有玩笑的成分,但是自从上次下大雨说希望可以放假一周,我就知道他是真爱玩儿,他一点都不比我们玩得少，成绩却永远稳定在全班第一，这让我很佩服。

本来我就不怎么想写了，他俩的到来彻底打消了我继续写下去的动力。我说："走，出去玩！"

李学博却提议打纸三角。

我有些不耐烦："能不能不玩这了，整天打，甩得胳膊都疼。"

他俩听我这么一抱怨便也有点意兴阑珊，悻悻地低着头摆弄着手里的纸三角。谁也提不出更好的主意玩什么，一时间都沉默着。

"不然咱们去沙坑吧，好久没去过了。"王俊良突然两眼放光地提议道。

我一想，是呀，自从暑假去过一次，很久没去过了。

沙坑在我们村子东边和邻村的田地之间，由于那片地域的沙质很好，所以十里八村盖房建院都去那里挖沙子。人们开出一个小坑，就逐渐向四周扩展，使坑越来越深，越来越空旷，那些可爱的白沙成了各家各户盖房子需要的绝好的混凝土材料。久而久之，那片广袤的地域被挖成了大大小小的沙坑，最大的坑可达十几米深、直径一百米左右。

我们仨边走边聊，左拐右拐出了村，并排走在两边都是青青麦苗的土路上，视野开阔，凉风习习，我心情也愉快起来，但我觉得这跟周遭环境的改变关系不大，只要不让我学习，我随时随地都能快乐起来。我宁愿蹲在肮脏的厕所里跟蚂蚁玩，也不愿意坐在舒适明亮的教室里做数学题。

王俊良捡起一块石头投向一片绿油油的白菜地,说:"回去时你俩记得提醒我择几片菜叶啊。"

"干什么?"

"喂蝈蝈儿。"

"你的蝈蝈儿还活着呢?"

"对啊,你的死了?"

"早就死翘翘了。"

他说:"我可要好好养着,我爷爷给了我一个葫芦,把里面的瓤掏了出来,往葫芦上打了一些小孔。等冬天我就把它放进去,能养到第二年春天。"

这个方法我在电视剧上见过,那里面的老头儿冬天把蝈蝈儿养在葫芦里,白天放在火炉边,晚上就放在自己被窝儿里,养得好好的。

我俩只顾着讨论蝈蝈儿,一时疏忽了一旁的李学博,扭头一看不知道什么时候他已经落在后头好几米远了,我催他:"你在后面磨蹭什么呢,快点啊!"

李学博左手捂着肚子,右手捂着屁股,说:"我肚子不舒服,想上厕所。"

王俊良说:"你怎么这么多事儿啊!"

我也觉得他这一出儿来得有点让人恼火:"这刚出村你就要拉屎。你赶紧跑回村里吧,在街上随便看见一个厕所就进去,我们在这儿等你会儿。"

"不行,憋不住了。"

李学博不住地扭动着身子,似乎只要不动就会拉出来。"那你赶紧找个地方拉吧。"我说。

李学博哭丧着脸说:"去哪里呀?"

我放眼望去,小麦才刚刚出苗,到处都是光秃秃的,大老远就能看得清清楚楚,想找个避人的地方太不容易了。

"随便在哪儿吧,这不也没人嘛。"

李学博左看右看,实在没办法,只得把一沓纸三角递给我,让我帮他拿着,然后贼头贼脑地确认了一下确实没有其他人,跑到离路边有一段距离的麦地里去了。

等李学博这当儿,我摆弄起了他的那沓纸三角,翻了一遍,发现都是一些硬质的牛皮纸或者杂志纸折的,这样的纸张较重,回弹力又小,拍在地上攻击力也比较大,容易将对方的三角掀翻,是上等的好三角。

我跟王俊良说:"李学博这几个纸三角不错。"我从里面抽出一个,随手向地上一甩,啪的一声激起一片尘土。

王俊良不以为然,从兜里掏出来他的让我看:"我的不比他的差。"

我一看还真是,差不多是同样纸质的,便说:"你俩今天是想联手搞垮我吧,幸好没跟你们玩儿。"

王俊良笑说:"我可没打算把你赢垮,但是我得确保我不会输垮。"

"你现在有多少个三角了?"

"差不多两百个。"

"这么多都是你赢的呀?"

"也有折的,不过大多数都是赢的。像这样牛皮纸的都是自己折的,我就是用这些猛将赢他们的。"

"我没有这样的纸,你从哪儿来的?"

"从我奶奶家找的,回去我给你两张。"

"真的?"

"真的,然后你用这牛皮纸三角去跟二三年级的孩子们玩,不要跟大孩子们玩,你赢不过他们。"

"小孩子肯跟我们玩吗,他们不怕输?人家又不傻。"

"肯定怕输,如果大孩子们要跟你玩,你肯定也不愿意。但是你拿着牛皮纸三角,小孩子就愿意跟你玩了。他们还想着或许能赢你两个猛将呢,其实他们根本赢不过你。"

"哈哈哈哈。"我笑王俊良老奸巨猾。

王俊良在很多事情上都有一套他自己的方法和理论。不光是学习方面,就是在玩上面,他也丝毫不逊色于我们。

我们正聊得火热,远处的李学博冲我们喊:"你们俩有没有带纸啊?"

我和王俊良搜遍了身上的每一个口袋也没有发现手纸。我说:"我们也没有,实在不行就用你的纸三角吧。"

他踌躇了片刻说:"那纸太硬了,硌屁股。"

"你就别挑拣了,没有别的纸。"

我走到他跟前特意抽出一个看上去干净些的纸三角拆开。李学博几乎一跃而起,嗖地从我手里抢走了那个三角,但由于状况所困,并没有跃起,只是猫着腰半蹲着,说:"我那都是猛将,不能拆。"

我笑着说:"都这个时候了,还在乎什么猛将,别这么小家子气好不好?"

李学博说:"算了算了,你走吧,我自己想办法。"

李学博低着头四下里看了看,从田里捡起一块土坷垃。我向站在路边的王俊良喊:"你看到了吧,李学博太会就地取材了。"

王俊良在路边笑得直不起腰。

我跟李学博说:"如果有一天你这几个珍贵的纸三角被别人赢走了,你会悔恨今天没拿它们去擦屁股。"

李学博却不以为然,他说:"这些猛将别人很难赢得过,输的都是那些烂货。"

我们重新上路后,我忍不住好奇地问李学博:"用土坷垃擦,你不觉得扎得慌吗?"他坚决地摇了摇头,表示否定。但我可不那么容易被糊弄,一路上,我注意到他的步伐并没有因为方便而变得轻快,反而有些古怪。

他时不时地会突然踢出一记凶猛的跆拳道式前踢,或者冷不防地来个后旋踢。这一切在我看来,都是他试图缓解屁股上那难以忍受的痒痛感。虽然李学博嘴硬不承认,但我坚信我的判断——他一定是在忍受着土坷垃带来的刺痛!

沙坑奇遇

在经过几个大棚之后，我们终于抵达了赵瑞爷爷家的葡萄地。那片曾经严防死守的园地，如今已经落园，果实收摘完毕，全面的戒备也已解除。原本环绕四周的铁丝网和荆棘枝都已撤去，整片葡萄地仿佛向我们敞开了怀抱。我们于是大摇大摆地走了进去，带着些许探险的兴奋与期待。目光在藤蔓间游走，仔细搜寻着是否还有遗漏的葡萄。

每到水果成熟的季节，赵瑞爷爷家的葡萄就被村里的孩子们盯上了，可我却很少参与作案，原因是我和赵瑞爷爷是一个队上的，被逮住了谁脸上都不好看，所以这种事还是少做为妙。每次他们去偷葡萄，我就在百米之外的水井边等着他们，那口井是我们队上用来浇地的，如果运气好，恰巧有人开泵浇地，我们还能把偷回来的葡萄洗洗再吃，吃完了还能再洗洗手洗洗脸，干干净净地离开。

虽然我没和他们一块儿偷葡萄，但是去邻村的梨园偷梨的经历不在少数，偷梨的最好时机是中午，看园人一般回家吃饭去了，就算不回家吃饭也有午休的时候。这时我们就穿过围栏偷偷溜进去，进去的人不宜过多，动作要轻且快，否则容易被发现。还得选个离看园狗较远的位置，就算被狗发现，园主出来抓我们时，我们早就跑远了。我们用衣服兜着梨，狂笑着躲到路边的树荫下大快朵颐，我们特别享受这种被狗咬、被主家撵的刺激感，这感觉转化而成的乐趣使我们觉得比买来的梨要好吃得多。

有时候我们爬在树上迟迟不被发现，不知不觉放松了警惕，胆子也大了起来。自以为摇身一变成了美猴王，大闹天宫到了蟠桃园，猴性泛滥，肆意妄为，摘一个梨咬一口就扔，暴殄天物却浑然不觉。

偷过梨，偷过甜瓜，可我最想吃的还是葡萄。每当看到赵瑞爷爷背着筐子从地里回来，我就知道里面肯定有葡萄，虽然表面上覆盖着一些红薯藤或者青草混淆视听，但我明白这些是给猪吃的，下面的才是给人吃的，我从小就知道。

我和王俊良、李学博在落了园的葡萄地里找了好半天也没有发现一颗像样的葡萄粒，不是坏了半块儿就是没长熟的绿蛋子。我想着，可能今年收成不好，往年就算收摘完毕，架上还是会有小粒的葡萄，主家懒得摘。三四个孩子在里面吃一通是不成问题的。

我们悻悻地走出了葡萄地，眼前已看不到延伸的麦田了，下面就是沙坑。站在麦田边上，望着下面白茫茫的沙子，顿时心旷神怡，我突然觉得自己有了一股诗人般的浪漫主义情怀，或许诗仙李白也不过就是在这种情境下作的诗。于是我问他俩："面对如此壮丽的沙坑，你们想吟诗一首吗？"

王俊良说："你吟一首，我们听听。"

"我如果会吟，还问你俩干吗？"我白了王俊良一眼，又看看李学博。

但是他似乎并没怎么听我说话，他正极力张望远处沙坡上的那棵黑枣树："不知道黑枣熟了没有啊？"说着就自己先跑了过去。

等到我和王俊良到了跟前时，李学博已经对树上的黑枣是否成熟做了初步判断，他说："看着挺黑的，应该能吃了。"

王俊良抬头看着树上，报以怀疑态度："黑了就能吃了？没熟的时候什么色啊？是黑的吗？"

李学博敷衍了一句："忘了，应该是吧。"

"瞎说，没熟时是绿色的。"我纠正道。

王俊良仍旧怀疑："现在应该也没有特别熟，不然主家早就打下来了。"

"也许熟了，还没来得及打呢！"李学博说。

我们在树下一番猜测之后，李学博决定亲自爬上去一探究竟。他抱住腰一样粗的树干，让我和王俊良助他一臂之力。

王俊良用力向上推着李学博的屁股，并对着他的屁股说："上去先给我们扔几个尝尝。"

李学博满口答应，结果到树上就耍起了无赖。

李学博爬到了第一个树杈，坐在上面休息，他说："看样子是熟了，一个个黑黢黢的。"

王俊良说："快扔下来几个让我们尝尝啊。"

李学博又向果实密集区爬了爬，一只胳膊紧搂着树干，另一只手就近够了一颗黑枣，尝了尝，说："哈哈，熟了，还挺甜呢。"

王俊良在下边有点待不住了，便催促道："快扔下来几个，快!"

李学博说:"你先别急,我再尝几个确认是不是都熟了。"

我说:"你吃完吧,吃完才知道是不是都熟了。"

"那我就吃完了啊,别怪我不给你们留。"

王俊良顺手从地上拾起一根树枝,没好气地抽打着沙坡上的枯草:"早知道你说话不算数,我就自己上去了,你等着吧,有你求我的时候。"

突然,王俊良停下了手,扒拉扒拉草丛,从里面捡起一颗黑枣,瞬间沸腾起来:"你们看,地上也有黑枣,肯定是熟透了自己掉下来的。"

我凑上去一看,还真是。在树上的李学博也往下望,说道:"是坏的吧?"

"不是,哪儿都没坏。"

"看不出来,你尝尝才知道。"

王俊良放进嘴里还没嚼几下,又有了新惊喜。"还是没核的,是不是没核?"他问李学博。

"不是,都有核。"

"但是我吃的这个没有,是不是有的有,有的没有?我印象中就吃过一次没核的。"

又嚼了几下之后,王俊良又说:"不怎么好吃呀,一点都不甜,苦的。"

坐在树杈上的李学博哈哈笑了起来:"我就说你吃的是坏的吧,我吃的都是甜的。"

王俊良也似乎有点怀疑自己,将嚼烂的黑枣吐了出来,又啐了两口唾沫:"看着挺好,真是太难吃了,好苦。"

李学博在树上颇有优越感地对我们说:"让你们尝尝什么才是真正的甜枣。"他折断一股小树枝说,"我看了看,在我够得着的范围,这个枝儿上的黑枣最多,我们就摘这些算了,多了也没法儿拿。"

他把树枝扔下来,从树上慢慢秃噜下来,裤子亲密地摩擦着树皮,挂下来很多细碎的树皮渣。

我和王俊良一拥而上,开始哄抢,却被李学博给吼住了:"都抢什么呀,摘下来统统放在一块儿,然后平分。"

"我们先尝尝不行吗?你都在上边吃饱了。"

我尝了一个,果然不错,挺甜的。于是我跟王俊良说:"你刚才捡的那个肯定是坏的。"

李学博问王俊良:"你在哪儿捡的?"

王俊良指了指东边的枯草丛:"那里边捡的。"

李学博走过去弯腰扒拉了几下,也找到一个,拿在手里狐疑地看着:"这是黑枣吗,这么圆?"

我说:"看着像,但是总感觉怪怪的。"

"根本不像,连个枣屁股都没有,这是羊尼屁蛋儿吧?"

我突然想到我们村的光棍儿老梁经常来沙坑放羊,说不定那真就是个羊粪球,想到这我抑制不住地大笑起来。

"怪不得你说有一股怪味儿,什么味儿啊,快跟我们说说。"李学博也笑。

王俊良见我们笑他，就试图反驳："根本就不是羊屁屁，羊屁屁是粘在一块儿吧，这是一颗一颗的。"

"你没见过羊拉屎啊，刚开始都是拉干粪球，最后拉的才是粘在一起的粪团。"说着李学博又在草丛里找到两坨粘在一起的羊屎，"你来看看，我就知道既然看到了干粪球，在附近就一定有湿粪。还说黑枣无核，你就是把羊屁屁蛋儿当黑枣吃了，哈哈哈哈。"

面对铁证，王俊良不再否认，他说："我就嚼了嚼，感觉不对劲就吐了，没咽就不算吃。"

"都嚼了，舌头都尝出味儿了还不算吃？不要狡辩了。明天到学校我一定得让大家听听这大笑话。"

"你敢！"

"我有啥不敢的？这么好笑的事不让大家高兴一下就太可惜了。"

"你说吧，你要告诉大家我这事，我就告诉大家你拉屁屁用土坷垃擦屁股。"

正坐在地上摘黑枣的我听到王俊良这句绝地逢生的反击瞬间笑得不能自已。

我再看李学博，他已经绷起了脸，完全笑不出来了。

"你敢！"

"我怎么不敢？你都要把我的事说出去，我为啥不敢把你的事兜出去？"

王俊良鱼死网破的神气使李学博不得不暂时服了软："好，

我不说了，先摘枣吧。"

我们仨呈一个三角形坐在地上，他俩只顾哗啦哗啦从树枝上摘枣，谁也不说话。王俊良的神情和刚才相比明显轻松了许多，李学博反而愁眉不展，他说："向阳，你也别说出去啊，知道我俩糗事的就只有你一个人。要是有别人知道了，肯定就是你说的。"

"凭什么，万一你们俩其中一个泄了密，也怪我？"我将一把枣随手扔在地上，为这还没有发生，但是极不严谨的推论愤愤不平。

"你不说就行了。"李学博臊眉耷眼，再次被我的话撅软了，刚才得意忘形的他转眼成了这起约定中最缺少砝码的一个。

三分钟河东，三分钟河西。

王俊良突然没来由地情绪高涨起来，他说："向阳，你不是想要牛皮纸吗？回去我多给你几张，多折些三角，你就用我教你那个办法，很快就能赢很多三角了。"

"不用不用，给我两张就行。"

"没事，我奶奶家应该还有，再说我的三角已经够多了，用不着了。"

这时李学博也跟我说："向阳，我没有牛皮纸，给你几张杂志纸吧，我家还有好几本杂志呢。"

"不用了，真用不了那么多。"他俩突然这么客气，令我有些无所适从，长这么大还没有人对我客气过，像我爸我妈，老师长辈，他们如果不对我"鸡蛋里面挑骨头"我就已经很知足了。除他们之外，就是这一群朝夕相处的小兔崽子了，他们根本不会对我客气，他们整天挖空心思地想要"坑"我，"搜刮"我，"挤对"我，"嘲笑"我。客气，某种意义上对他们来说就是见外，同时我在他们眼里也是这样的，很多年后，这道理依然如此，于是我认为，这是亘古不变的真理。

李学博见我拒绝了，他又要把他兜里的那沓纸三角塞给我。

我说："这可是你的'猛将'啊！"

他说："没事，家里还有。"

我看着那些纸三角突然有些伤感，刚才李学博拉屎连擦屁股都舍不得用的猛将现在却亲自拱手让人。我刚刚才跟他说过的"如果有一天你这几个珍贵的纸三角被别人赢走了，你会悔恨今天没拿它们去擦屁股"这么快就被我一语成谶了。

我们摘下来的枣，聚在一块儿有两大捧那么多。李学博仿佛一下子对黑枣失去了兴趣，他说："你俩多抓点吧，给我剩几个就行，我在树上吃够了。"此时此刻的我们变得相敬如宾起来，我浅浅抓了两把，王俊良也抓了两把，剩下差不多一大把留给了李学博。

我们离开那个沙坡继续往前走，路上李学博趁王俊良不注意，又偷偷往我兜里塞了一把黑枣，含糊了一句我没听清的话。

很多年后，我问起李学博关于那天的事，他笑着说，那天原本可以是他一段时间内最快乐的一天，如果第二天到了学校再给大家讲讲王俊良吃了羊尼屁蛋儿的笑话，他的快乐就圆满了，可最后却偏偏成了他那段时间里最"黑暗"的一天。他又说，那天的事都是环环相扣的，所以最后他总结到：旦夕祸福，造化弄人。

有勇有谋王俊良

黑枣事件使李学博折损不小，但我认为折损最大的不是他，而是王俊良，吃了一颗羊屁屁蛋儿本身就是最大的损失，恶心了自己一把，这事拿什么都抵换不了，只不过王俊良把损失挽回到了最小。第一，他没有咽下去，用他的话说，没有咽下去就不算吃。第二，他没有让所有人都知道，并且笑话他，他的聪明机智在那一天又得到了验证。在这事之后不久，又有一件事不仅证明他有谋，而且还有勇。

事情是这样的，那天放学之后，王俊良跟我说，他买了一只乌龟，要不要去看看。于是我没有直接回家，而是去了王俊良家。

但是看了之后令我大跌眼镜，他就把乌龟扔在了一个破破烂烂的塑料盆里，盆里放着几块高过水面的石头，可以供乌龟爬到上面休息。仅此而已，再无其他。

我说："你这设施也太简陋了吧。"

他说："你不知道，一个碗口大小的缸比乌龟还要贵，大点的更贵。"

"所以呢？"

"所以就不买了啊，养乌龟，缸不是最重要的，没缸又不是活不了。"

"好吧。"

王俊良的想法一直和别人不太一样，在这个问题上我没有过多问询，转而问他乌龟都吃些什么。

"什么都吃，小鱼小虾、麦子豆子，这家伙是个杂食动物，蚂蚱也吃，所以我想着趁现在还有蚂蚱，准备多逮一点，给它囤点货。"

我仔细盯着它看了半天，如果没有特殊情况，它基本上一动不动，连眼睛都懒得眨。碰它一下，它就挪挪屁股，然后又一动不动。我心想，就是这家伙跑赢了兔子？怎么看怎么像胡说八道。

乌龟实在没有什么好看的，我爸带我去市里动物园时，见过一两百岁的大乌龟，就算是这样，我也没觉得有什么看头。

我从王俊良家出来时，在他家门口围着一群放学还没走到家的学生，其中有我们班的，也有其他班的，都大笑着看他家的门墙。

一个比我们高一年级的小子正踮着脚往王俊良家门口的墙缝里插一个"生前数"。生前数就是谁家死了人，门口插的那种白色吊纸，插在门东边，放四个炮仗，哀乐一奏，丧事就开始办了。

这小子叫黄平，我和他玩过一次纸三角，特别会耍赖，穿褂子故意不系扣儿，用衣摆的风来助力自己摔出去的三角，增加掀翻对方三角的概率，这个做法是被禁止的，属于作弊。后来，就再也没和他玩过。

黄平做的这个生前数是用白素本撕成长条，然后用透明胶带固定在了一根木棍上，虽然规格有所出入，但看上去俨然是那个样子。

插上生前数之后，黄平还从兜里掏出一把撕碎的白纸片，充当出殡用的纸钱，往空中一撒，假装哭了几声，逗得在一旁的人哈哈大笑。

这时王俊良从家里出来了，黄平见了拔腿就跑，王俊良愣了一下，明白状况之后大骂着追了过去，跑出去几步后，又折回来摘下了那个"生前数"，又追了出去。

围观的人噼里啪啦也跟了过去，我从他们一边超过去，紧跟在王俊良后面。

黄平在前边跑得飞快，不仅快还很轻松，他还故意等了等王俊良，等到王俊良快追上他时，一个急转弯就又甩开了距离，几次三番之后王俊良就不追了。他似乎在跑步这件事上确实玩不过黄平。

我心想，黄平这家伙玩老鹰捉小鸡肯定是一把好手。

王俊良不追了，黄平就没必要跑了。他俩隔着十几米远远地对起了话。

黄平说："把赢我的三角还给我。"

他一说这话我就知道是怎么一回事了，一定是王俊良赢了他的三角,他不甘心,鼓捣了这事来报复王俊良。

王俊良说:"你搞清楚,现在是我要找你算账,你还跟我要三角?再说了,三角是我赢的,凭啥还给你?"

"你不给我,我改天还往你家插白吊吊,还在你家门前哭。"

"有胆儿你就插,但是我告诉你,今天我必须先打你一顿,以后的账以后算。"

"你先抓住我再说吧。"

黄平对着王俊良扭屁股、扮鬼脸,成心要激怒王俊良。

我不知道这傻家伙贱兮兮地要激怒一个下定决心要打他的人对他有什么好处。很多年后我想起这事才明白,如果一个人没办法对他讨厌的人有更实质性的伤害,激怒对方就是他唯一能做的。

王俊良并未多加理会他的话语,而是毅然决然地朝着黄平家的方向走去。

黄平一时间愣在原地,弄清状况之后开始慌慌张张反倒追起了王俊良,但是又不敢追太紧。

围观的人群又呼呼啦啦跟了过去。

王俊良来到黄平家门口,直接把生前数插在了他家墙上,大伙儿又开始哄笑起来。

王俊良对站在远处的黄平说:"你来摘吧,我不拦你。"

黄平犹犹豫豫不敢往前走,他明白,只要过去摘就会被王俊良抓住,不摘就继续被大家笑话。只能二选一。

磨叽了半天,最终他还是上去摘了,王俊良就站在墙根下,一步都没动就抓住了黄平，完全是自投罗网。

没等他摘下来，王俊良就抓着他的胳膊像扔链球一样将他甩了出去，跟跟跄跄好几步，最后摔倒在地。

王俊良又上去给了他几脚，黄平捂着肚子痛苦地在地上蜷缩着。王俊良说："今天的账算清了，你要是愿意，改天继续。"

就那一次，后来黄平再也没有瞎捣乱，见了王俊良都是躲着走。

很多年后我跟王俊良说起这事，他说，当时下手有点狠了，他还担心把黄平肚子踢出毛病，但是不狠又怕治不住他，如果那次治不住，后来他就没完了。

第六章

天才向雯

　　天气渐渐转凉,我赖床的毛病开始凸显,每天早上非到了不起床就会上学迟到的地步才极不情愿地从被窝里爬出来。当然,迟到谁都有过,结果自然是被老师罚站一节课,到第二节课才能回到座位。但向雯迟到则是经常的事了,隔三岔五就有一次。我搞不明白,她难道不长记性吗?

　　向雯正如她的名字一样是个文文静静不太爱说话的女生,学习很好。她大概是个慢性子,做事总是慢慢悠悠、不慌不忙。或许这样也不错,可以将事情做得井然有序,减少出差错的概率,关键是她在时间观念上也是如此。学校通常是八点钟打预备铃的,八点十分上课,向雯天天踩着迟到的点才到学校,一不小心就被关在了门外。

　　星期一早上我妈睡误了十来分钟,导致早饭也随之延后了几分钟,我端着烫得无法下嘴的小米粥埋怨我妈:"起那么晚,还让我怎么吃饭啊,做好都快八点了。"

　　我妈给我剥着一个鸡蛋说:"你先吃鸡蛋,我把粥去给你倒水瓢里来回抖抖。"

　　我接过鸡蛋,送到嘴边又被烫了一下,顿时炸了毛:"哎呀！吃什么什么烫，不吃了。"

我起身挎着书包就出了屋门，我妈端着碗跟出来："好了好了，不烫了，喝两口再走。"

我没吱声，噔噔噔出了家门。

我着急忙慌跑到半路，看到向雯单肩挎着书包，正慢慢悠悠地走在街上。我超到她前面说："快跑吧，马上就要上课了，我出家门时都八点五分了。"

她看着我从她身边超过，只是把书包重新往肩上提了提，仍然慢悠悠地我行我素，丝毫不被奔跑中我的紧张情绪影响。我心想："嘀！说了快上课了还不跑，搞什么啊！"

我喘着粗气狼狈地赶到教室，刚坐下就敲了上课钟。

向雯又理所当然被罚站一节课，第二节课才被孙慧兰允许回到座位上。然而，课上到一半就又被老师点名叫了起来。事实上向雯也是班里的"问题"女生，虽不同于我们男生的调皮捣蛋，但也是小毛病不断。

"向雯，窗户外边有什么好看的啊，我可是刚让你坐到座位上，你要是不想坐还可以去门外站着，外面看得更仔细。"

被批评的向雯低着头不说话。

"等式的性质这部分都会了？能考100分了？来，你站起来回答个问题，答不上来就出去看风景。"

向雯站起来……

"积 =（ ）。"

向雯答："积 = 因数 × 因数。"

孙慧兰见难为不成,又问:"除数=( )。"

"除数=被除数÷商。"她几乎不假思索就答了上来。

孙慧兰对此颇为疑惑,她说:"嘿,挺怪啊,每天上课不认真听讲,叫起来回答问题也总能答对,怎么做到的?你给大家分享分享你的学习心得吧。"

孙慧兰的口气里明显有冷嘲热讽的成分,向雯没说话,继续保持沉默。

"不说是吧,那就继续站着吧,坐着你也不听课。"

后来我才知道,每当孙慧兰跟我们说,课下时间大家把下节课要讲的内容先预习一遍的时候,只有向雯自己照做了,甚至已经掌握了所要学习的内容,再听理所当然就觉得没意思了,这就是她上课习惯开小差的主要原因。后来我想,她没有在课上看课外书,或者打扰其他同学学习,就已经相当克制自己了,毕竟想要打发漫长的上课时间,不做点其他事是很难熬的。

数学对我来说应该是天底下最难的科目,而向雯却可以无师自通。也是从那时开始我认定她一定是个天才级的女孩,甚至比王俊良还要厉害。

背课文

下午语文课王春芳讲了课文《落花生》,给我们留了一份口头作业——背诵全文。第二天下午语文课要检查背诵情况。

第六章

王春芳说:"大家都反映跟我背会紧张,那就跟所在组的组长背好了,但是你们要抓紧时间背诵,时间一到,背不过的就得跟我背,我的要求是很严的,背得磕磕巴巴还不行,得背熟,背不熟重背。"

我隶属周天明的语文小组,第二天上午眼看到了最后期限,再背不过可就要被记上一笔,就要面对王春芳,甚至面对全办公室老师背诵了,这让我不得不重视起来,我做出了利用课间玩耍时间熟背"圣贤书"的巨大牺牲。

第三节课课间,我自己默背了一遍确保八九不离十时去找了周天明。周天明拿着课本跷着二郎腿坐在板凳上正检查李晓的背诵情况,李晓站在他课桌旁,将课本抱在胸前,有种下属向领导汇报工作的活脱感。

"花生的味儿美,呃…… 花生的味儿美……"李晓嘴里翻来覆去念叨着这句话怎么也接不下去。

我在一旁都替他着急,心想:"多简单啊,怎么会在这卡壳呢?"

"哥哥说,花生可以榨油。"周天明提示道。

"花生可以榨油……呃,花生可以榨油……"刚提示了一句,李晓又卡在了这一句。

我实在没忍住,扑哧笑了出来,说:"行了别背了,你这哪是背诵课文啊,你这是鹦鹉学舌,人说一句,你学一句。"

周天明也笑:"看到了吧,都这么觉得。我不断提示你还是背不下来,回去再熟悉熟悉去。"

李晓长叹一声抱怨道:"我最烦背课文了,有什么办法可以不背呀?"

"没有意外情况不可能不背。"

"怎么算是意外情况?王春芳被车撞了,或者得了什么急病?算不算?"

"只要能让王春芳不检查背诵情况,都算意外。希望老天爷成全你,这也能帮到我,因为我要亲自跟王春芳背。"周天明调侃。

我背诵过程还算顺利,背几句歇一歇,但总算是背过了。

很多年后我跟周天明说,纵观咱们从光着屁股长大到现在的二十多年的时间里,唯独跟你背书是我最一本正经的时候,甚至还有点小紧张,你知道为什么吗?我觉得这是人本能的上下级关系意识在作祟,别看我们当时那么小,其实已经懂得了这种关系,虽然你只是一个小组长,但我在你面前要尽量表现出色,才能获得你的通过。其实我非常讨厌这种感觉,所以我们将来别在一个公司上班,我不当你的上司,你也别当我的上司。就算你在别的公司当了副总裁,我在另一个公司还是个小职员,我见了你仍旧可以以一记"佛山无影脚"作为问候。

那天下午上课之前我在座位上整理书包,又看到李晓在跟周天明背书。过了一会儿听到李晓欣喜若狂地庆祝他背过了课文,他将课本扑棱棱地抛向屋顶,然后又轻松地接住,再抛,再接,几次三番。

下午第一节课就是语文,王春芳花了半堂课时间讲完了这篇课文剩下的部分，最后她补充道："主要讲述了……没记的同学记一下。通过谈论花生的好处，揭示了花生不图虚名、默默奉献的品格，说明人要做有用的人，不要只做只讲体面，而对别人没有好处的人，表达了作者不为名利，只求有益于社会的人生理想和价值观。"

我在这篇课文的标题上面疾笔写下这段话，括弧前边写上四个大字——中心思想。

"《落花生》到此已经全部讲完了，接下来我检查一下各个组组长的监督和督促成果，看看各个组员的背诵情况怎么样。"

王春芳此话一出教室里立刻变得异常安静，大家齐刷刷低下头，生怕由于自己高昂的头而被点名起来背诵。我虽然背过了，但作为学生对于老师的特殊抽查总是有一种与生俱来的畏惧心理。

"魏硕起来背背吧？"王春芳柔声细语，听起来像在征求他的意见，可否站起来背背？虽是如此但这话却不能拒绝，魏硕不能说"我不想背"。

他合上课本，抬头挺胸，神情还算坦然："我们家的后园有半亩空地。母亲说：'让它荒着怪可惜的，你们那么爱吃花生，就开辟出来种花生吧……'"

等到他通篇背完时，王春芳连连称赞："不错不错，你是王俊良组的吧？"

"是。"

"好，组长不错，组员也表现不俗，坐。"

魏硕像获得了某种殊荣一样，连坐在板凳上都有一种雄赳赳气昂昂的架势，无所顾忌地高昂着头。

现在全班同学中数魏硕的心情最放松，我明白那种感受，我也经历过，此刻无论叫谁起来背书也不会再叫到他，只此一点也够他骄傲的了，但是他有点兴奋过度，坐在板凳上不安分地左顾右盼，似乎下一个让谁站起来背书是由他决定的。

王春芳把向雯点了起来，问她："你是魏宁静组的吧。"

"是。"

"好，开始背吧。"

……

刚背到三分之一，王春芳就笑开了："好了好了，不用背了。吐字清晰，顺畅无比，几乎无一错字，这还继续背什么呀，完全没必要了。"

然后又用质疑的语气问我们："你们难道不羡慕？"

此话一出，我就知道王春芳又要借题发挥了。

大家齐声答道："羡慕。"

没错，这就是王春芳想要的答复，紧接着她说："羡慕也没用，知识啊，谁学了算谁的，谁也抢不走。"

她经常问我们这种具有明显答案的问题，然后借我们的回答完成一次自以为很有效的简短教育。

向雯背得真好，不用王春芳说我也听得出来。我回头看了看在我斜后座的向雯，她也看到了我，我俩相视一笑，她脸蛋上有两个浅浅的酒窝，那一刻我觉得她真好看。

第六章

"好了,再找最后一个同学。"王春芳一说这话,我们短暂放松的神经又重新变得紧张起来。

"都抬起头,把头埋得那么低干什么?"

在老师提问问题或者抽查背诵情况时,他们在讲台上居高临下,很容易就能看得出谁是虚的谁是实的。有些同学把头埋得很低,希望自己不被注意,以此来躲避提问,殊不知这是大忌。老师们可是久经沙场了,谁心里有点小九九她看得一清二楚,"物之反常者为妖",我那时候就深谙这一道理,所以每次我都尽量表现得自然而然,不深埋头也不高昂头,也确实因此侥幸躲过了很多次抽查。

"周天明,你们组都背过了吗?"

"都背过了。"

"背过了?反正你这个组长背得可不熟,我检查一下你的组员。"

一听说要检查我们组,我身体里的小人儿就抄起两根鼓槌,在我胸腔里面敲得咚咚作响。也不知道是"正义"敲的,还是"邪恶"敲的。我看到其他组的人像吃了定心丸一样开始东张西望,我们组的其他成员大多也都泰然自若,或者说是像我一样故作镇定,只有李晓像做了亏心事一样蔫蔫地耷拉着脑袋。

"这个笨蛋明明背过了还畏首畏尾地低着头干吗?"我暗自着急。

果然,王春芳就是注意到了他:"李晓?在那低着头干吗呢?起来背背吧。"

李晓抬起头，极不情愿地站起来，双手撑着桌子，左手食指不停地抠着桌面，显得十分紧张。

前面背得还算顺利，到了中间部分，就得背一句缓两缓了。

"花生的好处很多……有一样最可贵……嗯……"

李晓背诵过程中没有一个人出声言语，偶尔有人咳嗽一声也是捂着嘴巴，生怕干扰到他。

"它的果实埋在地里。"王春芳提醒。

"它的果实埋在地里，嗯……它的果实埋在地里……"

长久的沉默之后，王春芳说："行了，别背了，听着你背我就难受。"

李晓没背过，但他的表情突然释然起来，肢体动作也比刚才松弛协调了。我明白为什么王春芳宣布他没背过的那一刻，他反而状态放松了下来。从他站起来背诵时，他就担心自己背不过，对结果的担忧必定使他惴惴不安，如履薄冰。然而结果宣布了，纵然结局不好，但悬着的心总归是落地了。

"李晓的组长站起来。"

周天明面无表情地站起来，旋即被王春芳劈头盖脸训斥了一通："作为一组之长竟然包庇组员，隐瞒老师，要不是我抽查就都被你们蒙混过去了，你以为你是帮他吗？你是害他。"

"他今天中午确实给我背过了，虽然不太熟。"周天明解释道。

"中午背的，到现在两点多钟就忘了？"

"跟你背就害怕。"李晓一脸无辜地插了一句。

"怕我？怕我什么？我是老虎能把你吃了？"

有几个同学生硬地笑了几声。

"我敢肯定还有其他同学没有背过，虽然我不知道是谁，但是组长心里清楚，你们自己心里更清楚，你们这是糊弄谁呢？"王春芳拿着黑板擦愤怒地敲打着讲桌，"糊弄我吗？你们将来考上了大学，会让老师替你们上吗？你们挣了大钱会给老师花吗？同样，你们将来考不上大学，卖苦力打工，老师也照样替不了你们，都得你们自个儿受着。现在这点苦都不愿意吃，以后有你们苦的时候。中午背过的课文，到现在两个小时就忘了？糊弄谁呢？"

王春芳有针对性的长篇大论让周天明在全班同学面前，脸上有点挂不住了，他说："谁也没糊弄，他就是背过了。"

"还狡辩，有什么样的组长就有什么样的组员，七个组长数你背得最差，现在你的组员连背都没背过，我宣布，你的组员统统得给我重背一遍。"

"凭什么？"

"就凭你不称职。"

"我怎么不称职了？他们都是给我背过了的，一个都不落。"

"我都检查出来了，还在嘴硬。"

"我没有嘴硬，我说的都是事实。"

"你不用说了，你给我出去站着吧。"

"我不！"

这句"我不"彻底激怒了王春芳，她冲过去提溜住周天明的耳朵就将他往外拖。

周天明被强迫着往外走了几步,然后挣脱王春芳的手臂,开始在教室里跟她打转儿,死活不再让她靠近自己。

"出去!"

"我不!"

"你今天必须出去,就算我不讲课也得把你弄出去。"

王春芳虽说不上身宽体胖,行动迟缓,但是要想抓到一个身手矫捷的半大小伙儿并不是一件容易的事。她先是让教室中间的几个学生站起来把凳子搬了,给她腾出通道,好让她跑得更通畅些,跑了几圈还是没抓到,接着又让四个学生,八个学生站了起来,最后站的人多了,把过道都堵了。她又说:"你们先出去,都出去。"

于是大家都搬着凳子去了教室外面,别人不知道的还以为我们要考试。

王春芳原本是让周天明出去的,最后却把我们都撵了出来,只把周天明留在了里面。

先发觉我们班异常状况的是隔壁班三年级语文老师范凌雪。她见我们一个个都搬着凳子在院子里,有的站着有的坐着,一堆一簇的,不像是要考试的样子。

她先是问魏硕发生了什么事,魏硕说:"我们老师在教室里抓周天明。"

"抓周天明干什么?"说着就去了我们班,我们也跟了上去。

第六章

班里的桌凳已经被他们扯得七扭八歪，不成样子了。

范凌雪问道："怎么回事啊，这是？"

周天明见范凌雪来了，像抓到了救命稻草，连忙跑到范凌雪旁边说："她要打我。"

周天明之所以看到范凌雪感到亲切，是因为他们两家是对门邻家，平日里邻里关系也不错。

"打你？我为什么打你？"王春芳仍然气势汹汹，不依不饶，等她一走近，周天明就又跑了。

王春芳说："今天晚上我非得去你家，跟你爹娘告一状，让他们知道知道他们生了个什么儿子，竟敢顶撞老师。"

周天明说："我也要跟你爹娘告一状，让他们知道知道他们生了个什么闺女，总打学生。"

范凌雪跟周天明说："太放肆了啊，这不是你能说的话，平时你也不是不懂事的孩子，怎么现在这个样子！"

王春芳说："范老师，你听见了吧，这是一个学生说的话吗？你说我能不打他吗？都把人气死了。"

周天明又说："你也听见范老师说了吧，我平时不是不懂事，我要不是气急了，我能说这话吗？"

范凌雪眼见事态愈演愈烈，无法得到有效控制，便果断地指派了几名学生前往办公室，迅速将这一情况通报给校长。

校长急急忙忙赶过来，一进班就呵斥住了周天明："别跑了，站到我跟前来！"

王春芳也不再追赶。

校长问:"跟我说说这是怎么回事?"

周天明把经过一五一十地说了一遍,校长说:"老师检查的结果就是那个同学没背过,你非说背过了,老师是相信你还是相信自己的检验结果?"

"那还要我们组长干吗?她直接自己检查不就行了。"

"在校长面前还敢犟嘴。"王春芳在一旁指着周天明说,"我这辈子最后悔的事就是任用你当了组长,现在我正式撤销你的组长职务。"

"撤吧,我早就不想当了。"

"教了你这么多年,不知道你这孩子竟然这样恶劣。"

"你不恶劣?动不动就打我们,连女生都打,拿棍子敲我们的头。校长,不信你可以问问我们班其他同学。"

"胡说什么你,我什么时候打过女生,都是你们这群浑小子天天惹是生非,不教训教训你们不翻了天?"

"我没有胡说,上次也是背诵课文,整篇都需要背诵,但是课文太长了,有很多同学没背过,站满了教室的两个过道,她就站在讲台上训斥我们:'怎么别人都能背过,你们就背不过,别人比你们多长个脑袋?'她拿一根木棍像敲木鱼一样一个个敲我们的脑袋,一边敲还一边说:'榆木疙瘩,叫你们不长记性,叫你们不长记性。'那次我头上被敲出一个包,特别疼,好多女生都被敲哭了。"

校长摆摆手喝住了周天明:"好了好了,不要说了。"

王春芳也上前一步,跟校长说:"您可别听这孩子胡说八道,我那也是恨铁不成钢,留了两天时间背诵课文,将近一半学生没背过,您说我能不着急吗?再说了,我哪舍得打孩子那么重啊,您也知道有些女孩子脸皮薄,说几句就哭,稍微体罚一下就觉得太重了。"

校长暗示王春芳也别再继续说了,可她似乎觉得自己太委屈,一时间收不住,说道:"校长,我正式恳请您把我调离这个班,快五年了,老师们都知道这个班难调教,学生个个不懂事。教了这么多年学没遇到过这样的学生。都说一日为师,终身为父,我也没指望学生们能如何报答我,将来在他们考上大学时能想起我这个平凡的老师教过他们,为他们走上康庄大道助过一臂之力也就知足了。可是万万没想到落了这么个结果,实在让我痛心,就算养个狗见了我还知道摇摇尾巴呢。"

校长眉头一蹙,呵责道:"王老师,话不能这么说,这么比喻更不恰当。"

周天明也反驳:"就算是你养的狗,你老打它,它也得咬你,兔子急了还咬人呢。"

王春芳急火攻心:"就凭你这话,我也坚决不能再教你了,一个个都是白眼儿狼。"

校长斥责周天明:"不准顶撞老师,去教室背上你书包先回家,明天早上来学校时和你爹一块儿来,你爹不来你也就不要来了。"

那时候,每当我们触犯了校规或者犯了什么过错,老师们并不会要求我们写检查。他们深知我们的思想和文笔都尚未成熟，难以写出深刻的反省。于是，他们选择了更为直接且有效的方式——请家长。每当这个时候，我们就知道事情并不简单。老师会与家长进行一次深入的沟通，从我们的学习成绩、品行表现，到近期的生活状况，再到闯祸的具体原因，方方面面都会聊个透彻。这样的谈话往往让我们心生畏惧，因为回家后，轻则会被家长训斥一顿，重则可能会挨上一顿揍。所以，每当听说要请家长，我们都会感到不寒而栗。

周天明回到座位，收拾完课桌上的书本，提起书包就走了，我有点担心他回去会不会被他爹收拾。

第二天上午校长没见到周天明的爹去找他，为此他专门到我们教室里看周天明是否没有叫来家长就若无其事地上课了，结果教室里也没有他，一上午没来学校。

李学博是第一个传说周天明可能誓死都不会来这个学校上学的人，之后迅速传遍了全班，甚至外班的学生也知道了。我不知道李学博是怎么知道这个消息的，除非昨天下午放学后，他去找周天明了，不然根本没有机会知道。对于这个"谣言"我虽不以为然，但周天明真的这么决定了，我也并不稀奇。

中午放学到家，我把书包随手丢在沙发上，从锅里掰了半块儿馒头，又从碗橱里拿了半头糖蒜，边吃边往周天明家走，我要亲自去验证一下虚实。

刚拐上周天明家的那条街我就远远地看见他在家门口玩着什么，走近一看才知道他正一个人分饰两个角色在踢钢珠（一种游戏），一个是他自己，一个是对手。

我问他："上午怎么没去上学？"

他苦笑："校长不是说了嘛，我家长不去，我也别去。"

"你爹娘呢？"

他用脚下的钢珠瞄着目标钢珠说："他们昨晚上夜班没回家，我在我奶奶家睡的，今天上午他们回来已经晚了，所以就没去。"

我咬了一口馒头又就了一口糖蒜，嘴里咕哝咕哝："我以为你真不去上学了，大家都说你要去别的学校，不在村里上了。"

"谁说的？"

"李学博说的，他昨天来找你了？"

"没有啊，李学博经常爱瞎说。"周天明接着说，"不过，要是王春芳还教我们，说不定我真就转学了。"

"反正今天上午她没上课。"

"上了半天数学课？"

"没有，两节数学，两节语文课改成了音乐课和自习课。"

"但愿校长成全王春芳，是她自己提出要求调班的。"

"你爹没揍你吧？"

"没有，他还揍我？他小时候逃学，顶撞老师也是家常便饭，我奶奶也拿他没办法，哈哈哈。"

"那你什么时候去学校？"

"今天下午我爹不上班，下午去。"

下午孙慧兰正跟我们上课时周天明来了，孙慧兰见是周天明，立刻换成一副阴阳怪气的口气，问："你爹来了吗？"

"来了，去办公室了。"

"嗯……那……进来吧。"

周天明入座后孙慧兰鄙夷地看着他，仿佛他是个十恶不赦的罪人。

接下来几天里大部分时间都是数学课，其余都是自习，语文课本已经被我们压在了书包最底下。班里的小道消息又不胫而走："看来真的要换语文老师喽。""最好换了，换个不打学生的老师。"王春芳体罚学生这事已成了公愤，她在我们班已经不得人心了。

新老师

在这件事发生过后的第四天，那天我们正在上自习，范凌雪拿着语文课本意气风发地来到班上。班里有些嘈杂，认真学习的同学并不多，当她站在讲台上时还没有几个人注意到，她用黑板擦敲了几下桌子："同学们，静一静。"大家才齐刷刷地向讲台看去，顿时静了下来。其实我们都认识她，但是当她来到班里正式站到讲台上时，我还是多多少少有些惊讶和新奇。

她嘴角上扬，脸上有明显的笑意，看到我们都静了下来，无一例外地注视着她时，开始讲话："同学们好，从今天起就由我来担任你们的语文老师兼班主任了。大家也知道，原来的王老师由于一些事情不再担任这个班的班主任了。"

她说完立刻引起班里一阵欢呼,经常被王春芳体罚的那几个同学尤为雀跃,但是这里面并不包括周天明,后来我问他为啥不高兴。他说,没有不高兴,只是心情很复杂。至于为什么复杂,我没有再问。

范凌雪继续说道:"有的同学可能认识我,有的还不认识,我在此一并做一下介绍。"

她从讲桌上拾起一截粉笔,在黑板上写下遒劲的三个大字——范凌雪。

大家在底下一遍遍地小声念着:"范——凌——雪。"

"大家也都知道,已经有好几天没有上语文课了,这几天老师们也没有闲着,我们开会经过讨论,同意王老师调动。之后校长又在物色咱们这个班的班主任人选时左右斟酌,最后老师们推荐选定了我。接任之后我也一刻没闲,接过课本系统地看了一遍,然后又着重研究了当前课程,看了教案书和其他的学习资料,我不敢保证比王老师教得好,但我会尽力而为。"

王俊良"啪啪啪"率先鼓起了掌,之后我们也跟着鼓掌。她笑着示意我们停下,说:"另外由于王老师和你们数学老师孙老师搭档了多年,养成了许多习惯,也培养了许多默契,所以还想继续搭档。王老师离开了,孙老师也会跟着离开,所以现在数学老师的位置是空缺的。校长也会抓紧时间再物色一个数学老师,但这几天也许只能上我的课了,希望你们不要觉得厌倦,我尽量把课讲得生动有趣一点。"

接着又是鼓掌,我虽然还不知道范凌雪的课讲得怎么样,但是她说话时总是笑脸盈盈,我很喜欢这种感觉。

范凌雪连续上了一周语文课。那天上午,气温骤降,早上起床时我妈把毛衣给我换成了一件薄棉袄,到了学校发现李学博、王俊良他们也都穿上了棉袄,前胸后背鼓鼓囊囊的,举手投足间动作变得笨重,行动迟缓。

打了预备铃,大家陆陆续续进入教室,之所以打预备铃是在提醒学生,快要上课了,大家要准备进入学习状态,用意是这样,但是事实情况并不是如此。每次打了预备铃,教室里都会空前热闹,没打铃之前,大部分人会在室外活动,教室里有人,但毕竟还是少,就算有人说话也不会特别热闹。正因为要准备上课了,人都到齐了,老师也没来,想说的话都涌了上来,同桌和同桌、前桌和后桌、后桌和后桌,谁也不用克制,说吧,自然就热闹了起来。

我从窗户里看到校长又照常骑着他那辆锃光瓦亮的凤凰牌二八自行车来到学校。他是我们邻村的,从他家到我们学校差不多有七八里地,他差不多每天这个点到,响了预备铃但还没响上课铃,误差不会超过两分钟,可见他每天几点起床,几点吃饭,包括路上蹬车的速度,都是相当规律的。

不过今天有所不同的是后面紧跟着一位骑粉色二四弯梁自行车的年轻女子,身上穿着一件浅蓝色短款薄羽绒服,围着围巾,戴着口罩,武装得严严实实,脚上穿着一双黑色的高靿儿皮鞋,快到办公室门口时她从弯梁处迈下来,随着惯性小跑了几步才停下来，动作轻盈又优雅。她从车筐里拿了挎包，跟着校长进了老师办公室。

我不知道除了我之外还有没有人注意到她，可能窗边的同学有注意到，但要说有多在意，也不至于。然而，几分钟后她就完全占据了我们的注意力。

敲了上课钟后，这位年轻女子从办公室出来，她那一身装扮里去掉了口罩和围巾，手里拿着书本，径直走向了我们班，边走还边低头打量着自己的衣服。

这时也有几个同学看到了她，赵瑞说："快看，那个人应该是往我们班过来了。"大伙齐刷刷从窗户或门口向外张望。

她在门口敲了两下门才进来，在我们的注视下笑嘻嘻走上讲台。她个子高挑，四肢也很修长，可能是穿了高跟鞋的缘故，腰部远远高于讲桌。

她把手里的课本规规矩矩放在讲桌左边，略显腼腆地抿了抿嘴角："大家好，我是新来的数学老师。"

稍顿，包括王俊良在内的几个学生，稀稀拉拉鼓了几下掌，王俊良身为班长，带头拥护新老师，也是他的职责所在，可是掌声没能号召起大家的响应，这让新老师更加局促起来。

她说："不用鼓掌，不用鼓掌，嗯……以后就由我来教咱们班的数学课程了。"

她将讲桌左边的课本移到了讲桌中央，又是一阵沉默。人紧张时总是会不由自主做出一些动作来加以掩饰，所以她随意地翻着那本书。

"我叫郭菲菲，大家可以叫我郭老师，也可以不挂姓，直接叫老师就好。"

相对于前几天范凌雪的自我介绍，郭菲菲的介绍明显缺少条理，也缺乏一种从容不迫之感。

我跟同桌张曼雅说："你有没有听出来，新老师总是称我们叫'大家'，而不是叫'同学们'。我觉得她之前应该没有当过老师，还不适应。"

张曼雅疑惑地反问："有吗？没注意。"

"这都没注意，你都注意啥了？"

郭菲菲说："我觉得有必要让大家知道下我的年龄。"

我拍拍张曼雅胳膊："这次听到了吧。"

她说："真的吔，你不说我都不会注意这个。"

郭菲菲说："我可能是你们见过的年龄最小的老师，我今年十九岁。"

同学们哇的一声表示惊叹。王俊良说："看出来你小了，但是没想到这么小。"

郭菲菲就开始笑："你们应该也有十二三岁了，我这么说，不单是想强调我们年龄上差距小，也是想更好地拉近我们之间的距离，不要再发生类似前段时间的事情，其实老师和学生也是可以做朋友的。"

很多年后，我的很多朋友都曾来过我家，他们看到在我书架上的小学毕业照，都会问我，这个女孩是谁，她为什么坐在老师中间，我都会跟他们讲起这段故事。

第七章

万人迷郭菲菲

郭菲菲的到来,使我们班处于一种高度兴奋状态。我觉得这种情况可能和郭菲菲第一天到来时发表的上岗感言有关——她比我们大不了几岁,其实我们是可以做朋友的。所以,包括我在内的一群兔崽子就认了真,"郭菲菲说了呀,她比我大不了几岁,其实和她是可以做朋友的。"

我居然也喜欢上了数学课,但我知道,我并非喜欢数学本身,只因为数学课可以看到比我们大不了几岁的漂亮老师,除此之外还可以有较多的自由,甚至可以在不太放肆的框架内为所欲为。

在起初的一段时间里,她为了能尽快和我们打成一片,经常利用自习课时间给我们讲故事,讲鬼故事。为了营造那种神秘兮兮的恐怖之感,她让我们全部凑到讲桌前,尽可能离她近点。最前面的同学坐在凳子上,外围的同学按大小个站着,层层叠叠,水泄不通。越是到害怕处,剧情紧张处,她就越小声讲,越是小声讲我们就凑得越近,在我们头皮发麻、汗毛倒竖之际,她就突然"哇"的一声,把我们吓得魂飞魄散,跑的跑,叫的叫,乱成一团。

这种把戏被她玩过无数次,明知道她一会儿肯定要吓我们,我们做好了防备,她又不吓我们了。然后又是慢慢地,慢条斯理地讲,我们又做好被吓的准备,她又不出招,这么反复几次之后,我们就放松了警惕,这时她又"哇"的一声。又跑的跑,叫的叫,乱成一团。郭菲菲就在讲台上拍着大腿笑。

那段时间,我们对她的好感直线飙升,周天明说,感觉郭菲菲浑身散发着魅力,脸蛋儿美美的,个子高高的,身上香香的,还会讲鬼故事,具备他所有喜欢的条件。

有一次,周天明问郭菲菲:"你一个女孩子为什么喜欢看鬼故事啊。"

郭菲菲说:"为什么女孩子就不能看鬼故事呢,我不光喜欢看,我还写呢,回头给你们讲一个我自己写的……"

说着说着,郭菲菲回过味儿来:"你刚才说我一个女孩子?胆儿肥了,谁让你这么叫了,没大没小的,叫老师。"

郭菲菲当时和我们的关系有多好,由此可见一斑。

郭菲菲用故事彻底收买了我们。没过多久我就一点也不怀疑,她是我们全校最有趣的老师,这和年龄一点也没关系,再过二十年,当她不再年轻,她也一样有趣,这是性格使然,灵魂所在。她成了我们眼中完美的化身。

比如,当李晓意外发现了郭菲菲的一个习惯时,立刻分享给了大家:"你们发现了吗?郭老师每次单独跟某个学生讲题的时候都只是伸出小拇指在书本上讲解。"

赵瑞说:"因为她的小拇指最漂亮啊。"

"胡说八道,只有小拇指漂亮吗?她每一根手指都是漂亮的。"王俊良埋怨赵瑞不会说话,"冬天的时候咱们的手是什么样的,不是皴就是裂,你们什么时候看到郭老师的手像咱们一样?要不是冬天老在黑板上写字导致她的手有点冻了,不然才是完美呢,连冬天都是完美的。"此话一出,王俊良在大家的一片嘘声中有些羞涩。

李晓问:"你知道得这么清楚,你单独问过她题吗?"

"当然问过,有时候明明会做那道题也假装不会。"

诸如此类的小范围分享不胜枚举,人人都袒护、恭维、向往郭菲菲,人人都觉得她是大家的老师,唯独和自己是朋友。

贴　纸

六年级时我有了另一个喜欢的对象,我不清楚从什么时候起见到向雯,跟见到其他女孩儿的感觉不一样了,或许是她背诵《落花生》那天,我突然感觉她变漂亮了,而且越来越漂亮,我开始对她抱有期待,总是试图做一些惹眼的行为来吸引她的注意。

很多个夜晚,我都躺在被窝儿里质问自己:"我喜欢她什么呢?她能像郭老师一样绘声绘色讲故事吗?不能。她是班里最漂亮的女生吗?不是。邢雨嘉单从容貌上讲,比她漂亮。那我到底喜欢向雯什么呢？学习好吗？有一点儿吧，但比重不大。"

很多个夜晚我就在这样的思考中渐渐入睡，每天想得比以往更深入一点，很久之后我得出一个结论，喜欢一个人是多方面相加的结果，容貌喜欢一点，性格喜欢一点，才艺喜欢一点，加在一块儿，你就非常喜欢这个人了。

有一段时间，各种版本的《小学生满分作文》是学校里最流行的课外读物。向雯课余时间总是抱着一本本作文书看，不知疲倦，不感厌烦，差不多一个月就会看完一批书。果然，她作文水平的提升是有目共睹的，班主任范凌雪不止一次在班里把她的作文当作范文有感情地朗读过。

爱屋及乌，我也让我爸陆续给我买了很多书，但并非装模作样，我是真的想提升一下作文水准了，育红班时的语文优势早在二三年级时，被大部队集体碾压了，从那儿之后我的语文成绩也不显山不露水了。说起这事有两个事迹可以证明。

有天晚上我做一张语文试卷，有道题要用"温柔"一词造句。我问我爸这词什么意思，他让我自己动手查词典，翻了半天，再加上我爸口头解释，我基本明白了这个词的含义，它是个褒义词，是夸人的。

我昂头，做认真思考状，最后大刀阔斧，底气十足地在横线上写道："家里来了客人，妈妈对他很温柔。"

我爸我妈看了大笑，笑得我心里直发毛，我妈说："你知不知道你这是在骂我，那人是谁啊，值当我温柔地对待他。"

我说："这是褒义词啊，我这是夸你呢。"

"是褒义词，但是你这么说就是在骂我。"

"没骂，再说了，你别当真啊，我这就是造句，是假的。"

"你造什么句啊，查了半天你还是没理解这词的意思。"

这是其一。

到了五年级，语文成绩的差距被继续拉大，如果不是向雯，如果不是对她难以名状的喜欢，如果不是她让我意识到我不能和她有太大差距，尤其是在我的长项上，我这辈子可能就永远落后于人了，别人迈一大步，我迈一小步，差距越来越大。

那次是语文老师范凌雪让我们写一篇游记。事实上我们很少正经地出去游玩，玩得少就很难写出什么正经东西，于是她给我们放宽了标准，不必非要写最近的，印象中的也可以，于是我写了我爸第一次带我去市动物园玩的事儿。

写完第二天，我的作文被老师当作"范文"在班里有感情地"取笑"了一番。原因是我把词语"映入眼帘"生生用出了血腥之感。

我在写那篇游记时，写了我们在决定去动物园时，前期做了哪些准备，坐车时遇到了什么小插曲，等到终于买了票，刚走进动物园时首先看到了什么，以及在那一刻的激动心情。

"映入眼帘"这个词用在刚进动物园时所看到的情景上再合适不过了，当时我大体上记得有这么个词，但实在记不清是由哪四个字组成的了，可要是不用上又觉得自己不够牛气。于是我就在记忆深处挑了觉得最有可能正确的四个字"冒出眼眶"

大笔一挥，写上了。

范凌雪说："什么美景儿啊，那么好看，连眼珠子都掉出来了。"

我在班里一举成名，在老师办公室一炮而红，在整个校园尽人皆知。

这是其二。

在这之后，在我喜欢向雯之后，我觉得我需要提升了。

向雯知道我也有很多作文书后就跟我换书看，她拿她的书和我交换，这让我非常高兴，因为我认为我们有了共同话题，于是我就越发痴迷，用更多的时间来看书，争取作文能力超过向雯，从而让她对我产生青睐，这成了我那个时期最大的目标。

我不求自己的成绩样样超越向雯，当然了这也不可能，但必须有一样要优于她，这很明确。可没多久我就被另一个问题缠住了，在能力上我应该有强大的一面，我也正在为此努力，但在生活中，我们作为同学，应该怎样更好地增进感情呢？

平时魏宁静和向雯走得最近，若非上课，几乎形影不离。我觉得从魏宁静那里了解更多向雯的信息是个不错的途径。

那天，魏宁静在她座位上写作业，我拿着数学书尽可能装得落落大方走到她跟前，坐在她前边的位置。她看看我，又看看我手中的书，问："怎么了？有事啊？"

我把书摊开，确定周遭没人注意我们后，轻声说："确实有一事相求。"

魏宁静就笑道："什么事？神神秘秘的。"

"你知道向雯最喜欢什么贴纸吗?"

"怎么?你要送她贴纸呀?"

我支支吾吾没做正面回答。

"别瞒了,全班人都知道你喜欢向雯。"

事实上我也明白大家都已经知道了,可被魏宁静拆穿后还是有些难为情,为了夺回一些颜面,只能装成强硬的样子说道:"是,怎么了?"

声音之高差点使我忘了我是在求人办事。

魏宁静倒也没有嗔怪,她放下手里的圆珠笔,一副打算好好谈谈的样子,说:"如果我告诉你,你也要送我一张。"

"告诉我一句话就要送你一张贴纸?你这是趁火打劫。"

"可这不单单是一句话,而是一个秘密,秘密是非常值钱的。"魏宁静冲我意味深长地笑笑,笑里有话,似乎在说,"怎么样,你可想好啊,这个交易很划算的。"

我犹豫了片刻还是答应了她,也送一张给她。

魏宁静嘿嘿地笑,说:"向雯最喜欢《情深深雨濛濛》,而且她最喜欢其中的杜飞和如萍,你买的时候选这两个人物比较多的贴纸给她。"

咦?居然还带有这么重要的细节?这让我颇感意外,刚才还觉得并不等价的交换,现在突然变得物超所值了。

我又问她:"你喜欢什么贴纸?"

她想了想说:"也买张《情深深雨濛濛》吧,不过我喜欢何书桓和依萍。"

放学后我直奔向离学校最近的老申头儿小卖部,这是全村东西最全的一个小卖部,其他地方没有的东西在这里都能找到,然而这次却让我扑了个空,老申头儿说:"《情深深雨濛濛》几天前就卖光了,送货的一直没来。"

我又接连跑了几家小卖部,得到的都是同样的答复,这让我很失望,计划暂时搁浅。

下午一点多我就来到教室,打算好好看会儿书,那段日子我牺牲了和他们出去玩的工夫,自觉节约了很多时间。

我觉得自己已经来得够早了,可是向雯比我还早,我来时她已经在座位上看书了,我开她玩笑:"你到家没吃饭就来了吗?"

她说:"到家我娘已经做好饭了,吃了饭没啥事就过来了。"

我刚坐到座位上,她就跟我说她那本书已经快看完了,想问我借我的《优秀作文选》。我赶忙在书包里翻腾,找了半天才突然意识到,那本书我落在家里了。

我说:"下学后我给你送家去,不耽误你晚上看。"

尽管向雯并没有流露出任何怪罪我的意思,但我内心仍然感到非常懊悔。我甚至觉得老天爷似乎在处处与我作对,让所有可能促进我们关系发展的事情都遭遇了挫折。

下午放学后我回到家,在抽屉里找到那本《优秀作文选》,马不停蹄地就给向雯送去。

恰巧看到她正在家门口召唤空地上刨食的母鸡,这和我家的鸡不同,我家的是圈养,主要吃饲料,这种是放养,看到什么吃什么，能吃的全啄进嘴里。

我家的鸡没有看过大千世界，没有领略过疾风骤雨，所以它们胆小，鸡房里进个生人就有可能炸窝。放养的鸡，见过温顺的羊，见过暴躁的牛，见过狗急跳墙，所以它们胆大，你怎么吓它们，它们也不炸窝，大不了就是跑。甚至有的公鸡，它看你不顺眼是要跟你干架的。

向雯手里抓着一把秕谷，弯腰蹲下，"咕咕咕"地招呼母鸡，它们如同收到信号一样飞奔过来在她手里啄食。我不知道她是开心还是手心被啄痒了，咯咯咯不停地笑。

母鸡吃完了秕谷还不愿意离开，都围在她身边，向雯顺手抱起那只在她跟前的白鸡放到怀里，那只母鸡温顺得如同一只猫，向雯温柔地抚摸着它的脖颈，它享受地半眯着眼睛，如同睡着一样。

我问她："鸡为什么不怕你？"

她说："如果它相信你就不会怕你了。"

"怎么做到让它们相信你？"

"从小就抱它，不要伤害它，一次也不要，它就会一直相信你。"

向雯说的应该没错，理论上可以办到，但是我不明白，我家的鸡，我也没有伤害过它们，为什么它们一看到我就炸窝，然后就下软蛋，我也不知道它们在怕什么。

两天后我终于从老申头儿的小卖部买到了《情深深雨濛濛》

贴纸。我首先挑了一张净是杜飞和如萍的，然后也没忘记答应魏宁静的，又选了一张净是何书桓和依萍的。

魏宁静为何会倾心于何书桓？这确实让我深感疑惑。何书桓在剧情里似乎总是在亲依萍，亲吻的场景频繁且热烈。每次和爸妈一起看电视，遇到这样的镜头，我总是感到不知所措，不知道该继续看下去还是找个借口离开。

我最怕他们分离，最怕他们因为各种原因分开，因为一旦和好，就必定会有一场激烈的吻戏。

渐渐地，我学会了预测剧情。每当我感觉到他们即将上演煽情的戏码时，我就会提前找个借口离开，避免不必要的尴尬，因为下一幕很可能就要亲吻。

那天下午我早早去了学校，我要保证我是第一个到教室的，我把一张杜飞和如萍的贴纸悄悄夹在了向雯的数学课本里，下午第一节课就是数学，她一定能看到。之后我就安分地坐在自己的座位上，哪儿都不去，生怕自己出去的一会儿工夫就会错过最重要的时刻。

敲了上课钟，郭菲菲穿一件白色收腰衬衫、黑色阔腿裤神采飞扬地来到教室，她每一次来上课对于我们来说都是一次惊喜，因为我们永远都不知道她会穿什么漂亮衣服，扎什么发饰。一点都不含糊地说，我从来没见她穿过重样衣裳，至少我印象中没有，很多时候我们都"哇"地集体起哄，来称赞她今天闪亮的装扮，她也不说什么，只是笑笑："好了好了，上课。"

第七章

但是这次,我不能只顾盯着郭菲菲看,我还有更重要的事情。

从向雯来到教室,我的目光就没离开过她,我从铅笔盒中的一个小镜子里来观察身后向雯的一举一动。现在上课了,我更不能错过了。

她从书包里拿出数学课本、铅笔盒和作业本,像有强迫症一样归置好位置,将课本翻到该讲的那一节,赫然发现了那张贴纸,旋即又猛地合上,神色慌张地问同桌李珊珊:"这是谁放的?"李珊珊摇摇头。向雯暗自愤懑地嘟囔着什么。

我在镜子里看到这样的状况后大失所望,这和我想象中的场景一点也不一样,正犹豫着要不要向她表明那是我送的时,向雯发现了我在镜子里看她,她瞬间明白了一大半。

我知道向雯一定在班里听到过一些风声,不过既然我没有向她表示什么,她或许也就一直装作不知道,假装相处得很愉快,而我现在这个行为,正好验证了那些飞短流长,但是一直到毕业我都不知道为什么当她知道我的心意后,表现得那么愤怒,甚至厌恶。

下课后,她把她的数学课本递给我。我知道书里夹着那张贴纸,我问她:"你不喜欢吗?"

她冷漠地说:"以前喜欢,现在不喜欢了。"

"那你喜欢什么?我再送你一张。"

"现在什么都不喜欢了。你快把里面的贴纸拿掉,免得同学误会。"

我无奈地接过书,把里面的贴纸翻出来,随意丢在桌斗里,又把书还给她。

她又说:"你的作文书,明天还给你。"

"不用,我不着急看的。"

"我已经看完了。"

从那以后,向雯再也没跟我借过书,我也没敢再向她借书。总之,我人生中的第一次这种事,出师不利。

气 球

周一至周五,我们照例都要去学校上课,有时候周六还要撑半天,于是我们去学校前,出学校后,到途中的小卖部买些在当时看起来非常美味的食品,就成了枯燥生活中为数不多的幸福瞬间。

辣条、冰袋水、小动物巧克力、彩色水果糖等都是我们的最爱。辣条是我们必选的美味之一,吃在嘴里满口流油,唇齿留香,一边急速地呼吸空气,一边用冰袋水来浇浇嘴里的火燎之感,防止辣到疼痛。而且吃完后,手指上残留的红油都会用嘴巴吮掉,防止浪费。

吃的玩的,小卖部里应有尽有,我们日常需要的玩意儿都能在那里买到。

那天,我拿着一个巨大的气球,刚一走进校门,李晓就跑了过来,眼睛瞪得大大的,好奇地问我:"你的气球怎么能吹这么大呀？在哪里买的？"

我得意地笑了笑，回答道："在玉振小卖部买的。"

玉振是一个老头儿的名字，他家的小卖部就在我们上下学的必经之路上。与老申头儿家的小卖部不同，玉振家主要售卖的是日用品和柴米油盐，还有一些布匹和小孩子的衣裳。虽然我们需要的东西玉振小卖部里不是很全，但我们偶尔还是会光顾他的小店，比如这次买气球。

我走进玉振小卖部，店里弥漫着一股淡淡的烟草味。我喊道："有人吗？买东西呢。"

"有人，有人。"玉振好像在收拾东西，他从货柜下面钻出来说，"买什么？"

"有气球吗？"我问道。

玉振想了想，说："没有彩色的了，只有这种的。"说着，他从货柜里拿出一串带包装的气球，撕下一个包装袋递给了我。

我接过包装袋，看了看，新奇地问道："这是什么气球？怎么还有包装？"

玉振笑着解释道："这比彩色气球好，吹得更大，还不容易破。"

我付了钱，拿着气球走出小卖部，开始吹起来，最终吹得像个大冬瓜一样。

李晓看到我手中的气球，兴奋地问："玉振那儿还有吗？"

"多着呢！"我回答道，"走，我和你一起去买。"说着，我领着李晓出了校门，再次来到了玉振小卖部。

还没进门，李晓就大声喊道："买气球！买气球！"

玉振又从货柜下面钻了出来，问我们："买什么？"

李晓指着我的气球说："买个像他这样能吹这么大的气球。"

玉振笑着说："这不算大，还能吹呢。"

李晓比我胆子大，一口气就吹了冬瓜那么大。我吹气球老是害怕它会在我眼前突然炸掉，这个恐惧直到现在都有，原因是我曾被劣质气球坑害过，刚刚吹到遮住我眼睛的视线时，突然就炸了，瞬间吓飞了魂儿。于是留下一个后遗症，每当气球膨胀到遮住我视线时我就不敢再吹了。

我和李晓高举着两个透明气球，昂首挺胸地走进学校。没走多远，就引来了一片惊奇的目光。有个小年级的同学好奇地跑过来问我："你们的气球在哪里买的？"我告诉他之后，他就像电影里的卖报小童一样，边跑边喊着："号外号外！玉振的小卖部卖的气球，吹得比大西瓜还大！"

第八章

宣传单

教室与"长城墙"的中间地带,四米来宽,与五间教室等长。这里树木林立,大小各异,是我们一致认为的宝地。凡是不能学校里明目张胆做的,都在那里悄悄上演。

比如两个人由于一些鸡毛蒜皮的小事起了冲突,骂骂咧咧,谁也不服谁。其中一个就说:"敢不敢去教室后边?"另一个人也明白,去就意味着要干一架,若不去就等于服输。他可以选择去或不去。

那天中午,我匆匆吃过饭,早早来到学校。下午上课前要交数学作业,我得赶紧完成。然而,仅两道题就花了我十分钟,这让我有些不耐烦。于是,我走到王俊良的课桌前,直接跟他说:"作业借我抄抄。"

王俊良一听我又要抄他作业,很不情愿:"你自己做吧,不会了可以问我。"

"我就是不想做才抄呢。"

"那你别做了,玩会儿吧。"

"你能不能别废话了,我得交差啊。"

王俊良虽然不情愿,但最终还是从书包里拿出作业本交给我，并嘱咐我两点："错了别怪我。自己做两道题，别照抄。"

我满口答应："错了不怪你。我自己做两道。"

其实王俊良不知道，我接过王俊良的作业本就一溜烟儿地把剩下的题目原封不动地照抄了下来。因为前边我自己已经做了两道题了，从这一点来说，我认为自己并不算食言。

抄完后，李晓和李学博又把我的作业本借去，两人放在中间一起抄。

过了一会儿，周天明气喘吁吁地从外面跑进来，站在讲台上嬉皮笑脸地把屁股一撅，拍了拍屁兜。我们立刻心领神会，兴奋地围了过去，想要掏他的兜。

周天明笑着喊道："停停停，班里有女生，咱们去后边看。"

于是，我们一群人呼啦呼啦地跑到教室后面，周天明从屁兜里掏出那张广告纸。一打开，我们都被上面的图画惊呆了。为了吸引顾客，商家的广告内容是越来越大胆，图画也越来越露骨。

李学博说："看看下面有没有患者服用后的反馈。"

周天明说："有，当然有，我给你们读读。"

我们之所以一直强烈推荐由一个人来朗读，是因为这种方式能引领大家的节奏。当有人朗读时，我们会自然而然地跟随他的语速和情感起伏，共同进入一个统一的频率。在这样的氛围中，我们会在同一时刻感到兴奋，同一时刻爆发出笑声，这种共鸣使得快乐的感受成倍增加。

周天明谨慎地在墙根处向外张望，确保没有其他人打扰我们的欢乐时光。一旦确认环境安全,他便开始声情并茂地朗读起来。周天明的声音极具感染力,他竭尽所能地渲染气氛,在他的朗读和我们彼此笑声的带动下,我们笑声连绵不断,根本停不下来。

郭菲菲的困扰

第二天下午数学课,郭菲菲来到教室,将怀里抱着的作业本重重摔在讲桌上,她阴郁的脸使我们又意识到,今天又将是个不安生的日子。

郭菲菲去年的鬼故事计划的确拉近了与我们的距离,不过距离近了也让她失去了一些威严,本来年龄上就不占震慑学生的优势,这么一来让她的处境更加雪上加霜。当她想要尽一个老师的职责认真管束我们时,却发现我们已然成了脱缰的野马。

一次课上,李晓、魏硕和李学博在隔着两个课桌的情况下抻着脖子说话,郭菲菲冲他们使了好几次眼色仍没收敛,她把粉笔往讲桌上一扔:"说吧,你们什么时候不说了,我再讲。"然后离开教室,回了办公室。

五分钟后郭菲菲回来,发现他们变本加厉,更加热闹。她气愤地说:"我本想利用一下某些人的自责心理,毕竟我不讲课是因为那么几个人,浪费大家时间于心何忍啊,对不对?然后能让那些人尽快良心发现,不再扰乱课堂秩序,我这样想没什么不对吧?可我不明白为什么一切看似正确的方法在你们这群人身上怎么就行不通呢！"

还有，那时候我们刚升六年级，校长把敲钟的活儿给了李晓，原因是他个子高。校长为了防止学生乱敲钟，把钟绳设得特别高，就是为了让大多数人都够不到。

那天上午前两节是语文课，后两节是数学课。

第三节课结束时，李晓如常出去敲响了下课钟，然后径直去了厕所。这种情况已经发生过很多次，每每在老师授课时，李晓敲完钟后理应返回教室继续听课，等待老师正式宣布下课后再去厕所。然而，他总是不按常理出牌，这让我们不得不怀疑他在滥用职权，甚至有时会擅自提前两三分钟敲下课钟。我们曾就这个问题质问过他，他笑着承认，确实有过这样的情况。

而且他还说，如果是郭菲菲的课，他经常提前两分钟敲下课钟，并且推迟两分钟敲上课钟，这一加一减，课间玩的时间就增加了四分钟，可以多玩一局踢钢珠。

对此，郭菲菲好像也觉察出了端倪，她常常怀疑李晓的表是不是北京时间。

她跟李晓说："如果你的表坏了，就跟校长说一下，让他给你换个新表。"

但是从去年一直到现在，这种状况一直没有改善。

郭菲菲手按在作业本上以稍息的姿势站着，说："今天我不打算上课，反正上不上对于你们都是一样。"

没人说话，安静无声，郭菲菲继续说："我知道这单元的内容有点难,所以这次给你们留了一天半时间让你们完成作业,但是你们看看你们完成的是什么!"她拍打着那一摞作业本,一副恨铁不成钢的模样:"完不成也没关系,你们不会做也没关系,如果大家都不会,大不了我再把这单元重新讲一遍。"

她停顿了一下又说:"我给大家说一下咱们这次的作业完成情况,全班同学都交了作业,完成率百分之百,全部正确的有25个人,在这25个同学中有全班成绩前三名的,也有全班最后三名的。不过这个我无从指责某些同学,或许人家就是突然茅塞顿开,突然完全领会了这最难的一单元,但你们自己心里有数,我心里也有数。"

我突然意识到郭菲菲这话似乎在针对我,于是臊眉耷眼低下了头。

"但是另外一些学习差的同学我得说道说道,你们的水平我都了如指掌,平时容易的题都会错一半,可这次这么难的题就只错了两三道,和一些学习好的同学不分上下了。哼,很好。不过我发现一个有趣的现象,这些人错的基本是同一道题,连错的答案都一样,更荒唐的是人家在哪一步骤错了,你也在哪一步骤错了,你们有心灵感应啊!"

王俊良扑哧一声笑了出来。

"王俊良,你笑什么,你以为你全对了?我告诉你,你错了三道题。"

我一听郭菲菲说王俊良错了三道题,我才意识到前边说的不是指我,现在冷嘲热讽的才是说我。

从那以后，王俊良就再也没有让我抄过他的数学作业，他是班长，又是老师眼中的好学生，我不知道他是爱惜自己的羽毛，还是单纯不想惹郭菲菲生气。

小斑马的烦恼

下午语文课，范凌雪神采飞扬地来到教室，我们见她心情不错，于是问她有什么好事。她笑了起来，说："为你们高兴，这次大家考得都不错，都值得表扬。有几个热爱阅读的同学，作文水平也明显见长，尤其是向阳，这次的作文题目《成长中的烦恼》可以说你写得最棒。"

范凌雪的突然表扬让我有些措手不及，怎么我就突然成了最出色的那个了呢？

三天前的单元测试仿佛还历历在目。那天上午，我们按照惯例，搬着凳子来到院子里准备考试。在选定了位置之后，我主动请缨，要求承担分发试卷的任务。

其实，我这么做是带有一点私心的。谁负责发试卷，谁就拥有某种特权。

那时候，我们的试卷还需要老师亲自出题，用笔写在特制的印纸上，再通过模具用滚刷油印。由于这个过程，有时试卷上的字迹可能不是特别清晰。因此，我想利用发试卷的机会，至少能给自己留一张字迹清晰的试卷。同时，我也希望能给向雯一张清晰的试卷。

范凌雪将手中厚厚的一叠试卷一分为二,一半递给了我,另一半则就近给了魏硕。

因为魏硕也在同时分发试卷,虽然他作为一个无意识竞争对手,并不会有意发给向雯,但我不能掉以轻心。我完全没有遵守就近发放原则,好几次都有意跳过了离我很近的几个同学,张曼雅眼看着一张张发过来,到她了,站起来准备接,结果我又斜着冲着向雯走过去了,不明所以的张曼雅急得跺脚,但是我也没管她,因为我目测魏硕在六七个人后就会走到向雯身边,我得马上赶过去。

在给邢雨嘉时,碰巧给了她一张印刷效果差的,她缠着我不让走,死活要我给她换一张清晰的,我另给了她一张还不行,非要自己挑一张,这使我非常恼火,说:"大家都跟你一样,我还发不发了?看不清的一会儿老师会重新读的。"她不听,非要挑,等她挑好,魏硕下一个发放的就是向雯了。

我跳过四个人急忙跑过去,魏硕已经给了向雯,我跟他说:"把你这个拿走。"

魏硕疑惑地看着我:"怎么了?"

"没怎么,让你拿走就拿走。"

向雯说:"你干吗,为什么让他拿走?"

我说:"他这张不清晰,我给你换张清晰的。"

"不用,我能看得清。"

事实上,向雯那张的确还算清晰,即便如此,我还是想给她换一张,但是她不要,我把手里最好的一张给她她都不要。

没给成向雯,我就留给了自己。

范凌雪说:"向阳的这篇作文是以一个动物的视角来展开描写的,说是一匹小公斑马喜欢一匹小母斑马,而母斑马不喜欢它,它苦恼地向妈妈倾诉,这样一个新颖的题材写出了主人公心中的烦恼。"

范凌雪说完,大家哄堂而笑,我明白大伙儿为什么笑,就如同魏宁静说的,所有人都知道我喜欢向雯。

我没想到自己会被范凌雪当众表扬,那天写这篇作文时纯粹是就地取材,我埋怨向雯为什么把我的好心当成驴肝肺,为什么总是要拒我于千里之外。

然而范凌雪还在添油加醋,她说:"大家课下可以读读向阳这篇作文,小公斑马的内心活动刻画得非常生动。"

试卷发下来之后,范凌雪开始讲课。

向雯用笔杆儿捅了捅我的背,她说:"让我看看你的作文。"

我没理她,兀自坐正,继续听讲。

这是第一次她跟我说话,我没理她。我端坐着,她从我挺直的腰杆上一定看不出我内心的暗流涌动。

很多年后,我想起这篇作文,其实谈不上什么优秀,当时我就那么觉得了。如果这不是一篇命题作文,有一天它可能会变成我日记里的碎碎念,只有我自己知道。但现在的情况是,它被范凌雪点名表扬了,同学们要看,而且第一个要看的就是向雯,这让我有点发怵,而她看到的却是一张冷漠的脸。

我当时没有理睬向雯,她也就没有再向我要作文。现在回想起来,我有些后悔,如果那时我脸皮厚一点,主动把作文给向雯,结果会不会和现在有所不同呢?

我曾日日夜夜渴望自己的作文能力能够赶超向雯,那一次我确实做到了,但我却没有好好地炫耀一番,没有让她对我刮目相看。如果我当时敢于展示自己,或许我就能把那次的出师不利,改写成首战告捷的。

第九章

新世界

　　从小学三年级开始，我的成绩就一直在稳步下滑。到了小升初的时候，我的双科成绩竟然只有146分（满分200分），这个成绩实在是太糟糕了。最终我掏了850块的学费，才让我进入了槐阳中学。这所学校是我爸爸当初读初中的地方，现在我也成了这里的一名学生。

　　我的小学同窗被分到六个不同的班里，糅进了这附近十里八村的学生中间。向雯、张曼雅被分到一班，王俊良和周天明分到了二班，魏硕、赵瑞在三班，我和李学博则在五班。一、二、三是实验班，四、五、六是平行班，分班也是根据分数线划分的，我被划成了"差等生"。不过我只在五班待了五天就被调到了二班，二班的班主任是我奶奶的干儿子。

　　我本来想去一班，因为向雯在一班，可是一想，这话没法说，找人家办事却不想去人家的班，不明真相的他还以为我信不过人家的教学水平。事实上我爸认为去奶奶干儿子的班是最好的选择，沾亲带故，又是班主任，他肯定能多照顾我一点。

　　我们从简陋破败的小学来到设施设备参差不齐的乡级中学，之所以说它参差不齐是因为有的设施差不多可以达到市级标准，有的却还不如我们村里的破砖烂瓦。

刚来这里的确新鲜了一阵子，三层的教学楼，那是除我们村教堂外，我当时所见过的最高的建筑物，教学楼前有花，花在月下。校门口硬化的水泥路面和大马路接壤，往里走，从进了校大门开始，一条比我们村子公路还要宽敞的水泥路平滑整洁，向前一直笔直地延伸到四五十米开外的升旗台。道路两旁垂柳袭肩，柳下草丛密实。我第一次看到这些具有浪漫色彩和荫蔽功能的植物，就想钻进去。

之后几天我也的确钻进去体验了一下，我想象着月朦胧鸟朦胧，校园华灯初上，层层叠叠的柳枝下我和向雯面对面站在暗处……我不敢想，越想越美，似乎有无数种美好的事可能发生，嘻嘻嘻，我忍不住笑出声来。

与那条绿树葱郁的"迎宾路"相比，我们的教学楼算不上华丽。实际上，它只能算是不失体面，绝非富丽堂皇。从正面望去，它的外观还算过得去，白色的瓷砖以5厘米×15厘米的规格整齐地贴在楼的正面上，显得简洁而大方。然而，楼的侧面和后面则保持着原始的状态，没有丝毫的人工雕琢痕迹。

教学楼后面就是饱受我们诟病的宿舍，说它墙不遮风、瓦不避雨，一点儿不为过，而且它也不是正儿八经的宿舍，里面有讲台、黑板，过去一定是一间间教室。从四栋教学楼和宿舍所处的结构位置判断，一定是把过去的四栋旧教学楼拆了，盖了新教学楼，说是新的，起码也有十年之久了。

之所以没彻底拆完，我觉得原因无非有二。一是缺少筹建款；二是必须留些教室上课，不能耽误教学。新教学楼建好后，旧教室理所当然成了宿舍，一直沿用至今。我猜当年我爸就是在这些旧教室里上课的。这些教室，或者称为宿舍的房子，应该和我们育红班时的教室建造时间差不多，甚至更早。

看到这样的房子总能联想到古装电视剧里侠士和盗贼在陡峭的屋顶上飞檐走壁、殊死搏斗的场面。由于宿舍巨大，所以安排五班的全体男生跟我们一块儿住，总共有50个人，如此壮阔的队伍，床铺还绰绰有余，在孤单的角落里闲置着两张秃落落的床板。

我们和五班不仅在同一个宿舍，老师也是一样的，每个任课老师不仅教我们班，也教五班。学校是这样安排的，一班和四班住同一个宿舍，同样的老师；三班和六班住同一个宿舍，同样的老师。我一直不明白，既然吃喝拉撒睡，样样都一样，为什么还要分好赖班？难道老师在教平行班时会故意隐瞒一些知识点不告诉学生，好来区别对待尖子生吗？

宿舍墙体到处都是漏风透光的小洞，这就使很多小东西可以自由出入，比如麻雀。我们掉在地上的残羹剩饭成了它们唾手可得的无上美味。它们的作息时间和我们调剂开来，等我们下课开饭，回到宿舍，它们就趁着这个时间出去撒欢儿；我们吃完饭开始上课，它们玩耍回来开始用膳。吃在屋里，拉在屋里，床单上、被子上，连统一摆在桌子上的饭盒都不放过，所到之处，皆用粪便宣示到此一游。所以我们的饭盒基本上一日三餐，饭前饭后，六次清洗，这是雷打不动的习惯。

第九章

麻烦绝不仅仅这一点。无论是屋顶或窗户都已年久失修，没有一扇窗户是可以严丝合缝关上的，刮风下雨只能用绳子或铁丝系住窗扇，尽可能少受灾殃，但也只能是尽可能。黄尘漫天也无非就是吃点尘土，被褥蒙点灰，之后拿起来掸一掸、扬一扬，也不是什么大事。要是下起雨来，个别在上铺的同学非得挪窝儿不可。这几个同学有特权，无论什么情况，即便是老师上课或者班主任开会，只要听见打雷，尽可以一个箭步蹿出去拯救被褥，谁也不敢试图阻挡。造成损失，谁也担当不起，被子湿了，你敢把你的给他吗？谁傻？谁敢？他们把被子放到别处，然后在漏雨的地方，放一两个盆，滴滴答答，像鼓点。

宿舍被高大的教学楼遮蔽天日，常年不见阳光，这唯一的好处就是夏天比较凉快，除此之外实在乏善可陈。另外，没有阳光普照，导致室内阴暗潮湿。夏天洗衣服洗头发，通常都在水池解决，不仅取水方便，泼水也容易，因此很少在宿舍里洒水，就算有谁不小心洒了点，一会儿也就蒸发了，所以夏天屋子里还算清爽。

最艰难的就是冬天，50个人，每天都要洗脸，平均每天有10个人要洗头发，小心翼翼也难免撩出点水来，你一层我一层，洗完，地面就在灯光的照耀下星星点点了。

因为室外太冷，这一切行为都集中发生在室内。整个宿舍只有讲台是水泥硬化过的，其他地儿还是土地，而且坑坑洼洼。由于人数众多，通常是昨天洒在地上的水还没蒸发，今天又补了一层，日复一日，地面泥泞，坑洼处甚至有了积水，活脱一

123

个鸭子圈，我们就在这样的环境下顽强地生存着。

　　不过也有运气好的方面，刚到学校没多久，学校就重新建造了新厕所，这使我们颇受安慰。教导主任赵启光在广播里宣布新厕所可以正式使用那天，一下课，全校几乎一半学生都进去参观，人头攒动，人满为患。没进去的同学在外面不住地踮脚张望。脸上满是笑容与新奇，仿佛第一次参观博物馆。

　　新厕所像几个厂棚一样一里一外重叠坐落于校园的最东边，有三十多米长。半人多高的矮墙上面落了两层镂空的水泥花砖，再上面就是石棉瓦顶棚，里里外外包括地面和茅坑通通用水泥硬化，很是气派。

磁　带

　　我们把学校的每一个角落都踏了一遍后，每一个班级学生的面容都在脑海里烙印过后，每个任课老师的脾气秉性都摸得门儿清之后，我们就升了初二。

　　摆脱小学生的头衔不过一年时间，但是现在想想，从咿呀学语到二十多岁真正成人，再没有比那个年纪更渴望长大的时候了，不再屑于跟比我们小的玩了，比我们大的有时也嫌他们屁了，无处释放的旺盛精力和看什么都不顺眼的逆反心理，使我们总想在平庸的人群里、枯燥的生活中过得标新立异。

　　上午最后一节课是代数课，老师郑建树在讲台上叽叽喳喳说个不停，讲得十分卖力，但我一个字也听不下去，数学一直以来就是我的死穴。比我小五岁正在上小学三年级的妹妹，两位数加减法心算速度都我比快。

我在凳子上慢慢将屁股出溜下去，用大腿搭在凳板上，使自己更隐蔽一些，好能不引起老师的注意，我从兜里缓慢地掏出饭票数数这一周我花了多少伙食费。

学校半月放一次假，在学校待十二天半，吃三十八餐饭就可以回家了。每天每顿花多少钱可以根据自己的饭量和每人选择伙食的好赖决定。烧饼三毛，米饭三毛，素菜也三毛，荤菜是五毛，吃不饱的话，黏稠的大米汤可以管饱，免费的。

吃馒头还是多数，馒头两毛一个，奢侈点，来份五毛的肉菜，小米粥可以根据食堂大爷大妈的心情决定要不要钱。你要是左一个大妈，右一个大爷地叫，他们一乐，粥就免了，甚至能给你免好几顿。长此以往你拣着他们爱听的说，不仅给你多盛菜，还给你多盛肉，连馒头都比别人大。照这么算，每天吃到打嗝儿三块钱足够了。半个月三四十块，都属正常。不过我也见过有些女生，她们竟然只用二十块钱就可以挨过十二天半，也不知道她们是真的吃得少还是家庭条件确实困难。

我猫着腰贼头贼脑来回数了三遍,除了两块三毛钱的现金，还有三块五毛钱的饭票。这次来学校前，我爸给我四十块生活费，换了三十块饭票，剩下十块当零花钱。这刚过一周，就疯狂花掉三十四块,平均每天五块钱。其实吃饭远花不了这么多，食堂为了诱导我们消费，上架各色零食，可以用饭票等价购买，我将近有一半饭票买了零食。

想到接下来的五天里我只能靠剩下的六块钱过活,我不由得叹了口气。这拮据的处境让我感到有些无奈。

同桌张文凯听到我的叹气声,转过头来关心地问:"怎么了?"张文凯是我读初中后,除了儿时的玩伴,关系最铁的哥们儿。

我苦笑着回答:"这个月的生活费超支了,剩下的几天恐怕又要饿肚子了。"

张文凯豪爽地说:"没了,花我的。"

我感激地看着他,却还是摇了摇头:"没关系,有钱的时候就多花点,没钱的时候就忍一忍。我一直都是这么过来的,已经习惯了。"

六块钱花五天,如果一日三餐一顿不落,我算了一下,只能每顿吃两个馒头,喝几口热水了。过惯了大口吃菜,大口喝汤的奢侈日子,哪还能忍受这般生活。所以我暗自决定,不吃则已,要吃也得像以前一样大快朵颐,嘴角流油。

中午下课后,大伙儿都陆陆续续去食堂打饭去了。我戴着耳机,一个人席地坐在教室门口望着丝丝缕缕的云彩轻盈地向南飘去。手里拿着英语课本,如果有老师路过我就可以佯装在听英语磁带,这是我们当时惯用的混淆视听伎俩。实际上复读机里反复播放的是张宇的《雨一直下》,这首歌听了很多遍还是很喜欢。

雨一直下,可是今天天气很好啊。我抬头望天,突然觉得空中丝丝缕缕的白云特别像蛋花汤里的蛋絮，我又张望别处，紫菜呢？怎么没有紫菜？我扯下耳机，饥肠辘辘使钟情的音乐成了恼人的噪声。

我正准备起身去打一杯水充饥解渴时，周天明从校门外向我跑来，手里似乎拿着什么东西。他柔软的头发随着他跑动的步伐跳跃着，飞扬着，很是飘逸。他远远地就冲着我笑，那笑容和那天的天气相得益彰。我一点也不怀疑，如果当时站在我这里的是个女生，她一定会不可救药地喜欢上周天明。

周天明跑到我跟前，问我："怎么没去吃饭？"

我有气无力地说："得省着点，不然花不到周末。"

他笑道："活该，一点儿盘算都没有。"

我没心思跟他打嘴仗，转开话题问他："你去外边干吗了？"

他递给我一盘磁带，说："刚才在校门口小卖部里买了这个，很不错。"

我拿在手里，看了 A 面，又看 B 面，是有几首传唱度很高的歌，《小薇》《孤单北半球》《十年》《我难过》等。

我问他："小卖部还有吗？"

"多着呢。"

"希望别卖太快，我下周来了再买。"

我把磁带给他，回教室拿水杯。他跟我进来，问："为什么下周再买？"

"我现在就剩六块钱了，饭都吃不起，哪有钱买磁带？"

他说："就算你不买其他的东西，这六块钱也不够你五天的饭钱啊。你不能这样饿着自己。"

"你的意思是让我现在买?"

"对啊,想买就买啊,余下几天你可以跟我一块儿吃饭。"

很多年后我跟张文凯和周天明说,不管你们承认不承认,导致我现在花钱大手大脚,永远恃无恐的罪魁祸首就是你俩,我最初的恶习就是你们一手培养出来的。张文凯笑,说我狗咬吕洞宾。周天明也笑,说我是农夫与蛇。

我遵从了内心的意愿,妥协于外在的诱惑,丝毫没有心理斗争,买了磁带。当时我们买的都是盗版磁带,而且大多是热门歌曲汇总,很少有人买磁带专辑,觉得花两块钱只能听一个人的歌太亏了。

这是我第一次听周杰伦的歌——《双截棍》。周天明对新鲜事物的感知比我们所有人都要敏感,也比所有人都更喜欢尝试。我发现他这一点说起来还要特别感谢校长、教导主任和那个时代。

我们从小学一年级到中学毕业从没穿过校服,学校也没统一发放过,主要原因可能还是那个时候村里大多不富裕,学校不愿无端加重学生父母的负担。那时很多同学都还穿哥哥姐姐剩的衣服,这种情况下如果再生生去学生家"搜刮"上百块钱,制上几身校服,很可能会招致民愤。

要说校长不制校服的初衷是为了让学生充分展现自己的穿衣风格和个性,以及尊重学生的内心世界和发掘学生的文艺才能,恐怕这话说得太漂亮。他们巴不得我们站成一排,把我们百花齐放，姹紫嫣红的想法都齐整整地剪掉推平，好统一管理。如果有些"突出"的同学，可能就要伤筋动骨，要么削掉半个脑袋，要么剁掉脚丫子，一切以队伍的齐整为首要宗旨。

周天明就属于要伤筋动骨的一类学生，这在他的服饰上表现得尤为明显，要么穿极瘦的条绒铅笔裤，要么穿极肥的牛仔喇叭裤，总之没有穿过一条肥瘦合适的裤子，他的大多数外套，袖子都比衣身长。别人的棉袄，非黑即灰，他的棉袄永远是彩色的。十冬腊月，别人穿棉袄他也穿棉袄，但是别人里面都还穿了厚厚的毛衣或绒衣，一层又一层。他却只穿一件T恤，直接套上棉袄，宽宽松松，无拘无束，一点儿都不臃肿。我问他冷不冷，他吸溜着鼻子说，谁冷谁知道。话虽如此，但是他看上去比我们潇洒得不止一星半点儿。班主任韩庆民为他"奇装异服"这事，说过他不止一次两次，他的回答是："老师，我把我所有的衣服都拿上来，您让我穿哪件我穿哪件，行不行？"事实上都拿上来周天明也不怕，他的衣服基本上都是"奇装异服"，穿哪个都行。

班里他是第一个听周杰伦的，他基本上买了周杰伦那个时候的所有磁带。由于学校还没人听周杰伦，所以小卖部也很少有他的磁带，为此周天明专门委托小卖部老板帮他进货。

近朱者赤，我听周杰伦是耳濡目染的结果。有一次周天明在教室放一首周杰伦的慢歌，这让我眼前一亮，他竟然还可以慢下来，这和我以往听他的歌的风格有很大差异，优雅、抒情、忧伤，优美的氛围很抓人耳朵，我问周天明这是什么歌，他也跟着哼唱，说："《东风破》。"

"有没有歌词，我看看。"

他从桌斗里左翻右找才找到，递给我说："这叫中国风。"

"中国风？"

"对，牛不牛？"

"我第一次听说，咱学校应该也没几个人知道。"

他嗤之以鼻。

"我才刚刚知道，他们更别提。"然后他又笑笑，跟我说，"你不简单了，你应该是第二个知道的。"

这是我第一次觉得周天明对新鲜事物的认识和关注，以及对世界抱有的好奇心远远高于他人。

第十章

搭伙吃饭

张文凯和周天明成了我生活上的坚强后盾,我知道有他们在,我饿不着,所以花钱从不盘算合计。我跟他们提议:"为了不再蹭你们饭,咱仨搭伙一块儿吃饭吧。"

周天明反问我:"一块儿吃?你的意思是不再只蹭后半个星期的饭了,连前半个星期的饭也要蹭?"

张文凯附和周天明说:"就是,我从没见过你这么恬不知耻的人,自己吃不了饭了,就赖上我们了。"

我说:"你们对我有恩,我心存感激,所以来报答你们了。"

周天明说:"滚一边儿去,没见过这样报答的。"

张文凯说:"你倒是说说怎么个报答法?"

我伸出手臂,掰着手指,像算一笔账一样跟他俩说:"你们看看啊,每大周后半程你俩基本上雷打不动要请我吃饭,不是蹭你的就是蹭他的。但是我寻思这也不是个办法啊,老白吃你们的,还你们钱,你们又不要。所以我才想到搭伙吃饭,为什么要搭伙呢?我不是存不住钱嘛,所以每周一来学校,我就把钱先给你们,要多少你们说了算,我多掏点也无所谓,这不还是为了帮我嘛。给你们,我这一周算是有饭吃了,这准了,还能防止我乱花钱,多好。"

张文凯点点头,说:"是挺好,对你挺好,但我没看出来是怎么报答我们呀。"

周天明也说:"就是,都是你的好处,我们哪得好处啦,还得帮你存着钱。"

我说:"你俩傻呀,我不白吃你俩的了,不花你们钱了,不就是报答你们嘛。"

他俩基本同时朝我表示不屑:"喊,这么种报答法,我们谢谢你了。"

我说:"怎么着,你们还想让我继续坑你们呀?"

周天明说:"好像我们求着你坑我们一样,美得你啊。"

张文凯说:"就是,你怎么那么大脸呢!"

他俩你一言我一语,把话攒了一个圈,把我在里面轱辘了半天,他俩就在一边乐……

最后还是同意了搭伙吃饭,每人三十块钱,总体算起来,一块儿吃饭还是能省点,九十块钱足够。

很多年后我们回忆起这事,张文凯跟我说:"不管是我选择跟你做同桌,还是选择咱仨搭伙吃饭,这只是个选择,说明我愿意这么做,至于为什么这么做才是真正值得根寻的。"

他说,就是缘于一件小事,那时候初一,都刚认识没多久,要说谁多了解谁,不可能的,不共同经历一些事是不可能了解一个人的。

那时我们正在蹿个儿,拼命长高,吃了饭消食也快。六点吃了晚饭，到九点半下晚自习，差不多又过了半天，有些同学就吃包泡面或买点零食点补点补。比如有个同学泡了碗面，就会有跟他关系不错的同学跑过去蹭汤喝，你一口我一口，饭盒上至少沾满三四个人的口水。不过大家好像都挺有礼貌，只喝汤，不吃面。这似乎成了我们一条不成文的规定，等自己泡了面，别人也从不逾矩。一包面本来就一丁点儿，你一口我一口，主家还吃不吃了。

张文凯说："我记得我蹭过你好多次汤，具体多少次记不清了，反正很多次。我喝你的汤时，你从不盯着我看，眼睛随意看向别处，或跟其他同学搭话，似乎我喝的不是你的汤，爱喝多少喝多少。就这么一件小事，我就觉得你是个可交的人。我也喝过别人的汤，从我接过他们的饭盒开始，那些人眼睛一刻不停地盯着我看，生怕我吃了他的面，多喝了他的汤，这让我非常不爽，浑身不自在。这样的人，我绝不会喝他们的第二次。"

他说："这是其一，一件小事。还有一件在当时看来挺大的事，让我对你的好印象更深了，就是你第一次邀请我去你家赶庙会那回。"

张文凯说的这件泡面小事，我的确没太大印象，并且因此使他对我好感倍增，更是万万没想到。但是他说的第一次来我家赶庙会这事，我印象深刻，因为我差点儿办砸了。

庙会前两天，我就跟我爸打了招呼，说："我打算请同学来咱家玩。"他欣然同意，问我来几个人。我说，四五个吧。

那是我第一次真正意义上招待朋友来家里吃饭，所以表现得格外神气活现。我爸给我准备了几捆饮料和一些现成的熟食、凉菜。我叫来了周天明、王俊良和李学博，他们帮我一块儿支桌子摆盘。我妈做了两道她的拿手好菜，红烧鱼和麻婆豆腐，放在了桌子中间。

张文凯出发之前往我家打了电话，确认我家在村里的具体方位。红烧鱼都凉了，张文凯还没到。

李学博说："不然咱先入座吧，边吃边等。"

我说："你知不知道什么叫待挈（方言：招待亲朋好友）？张文凯今天就是挈。"

王俊良挤对起了李学博："你怎么就那么馋呢！"

话音刚落，张文凯就到了，我们出门迎他，但他不是一个人，在他身后稀稀拉拉跟着四五个和我们差不多大的小子，有两个面孔还不生，应该在学校见过，其他班的。

很明显我没预料到会有这么多人，张文凯可能看出了我有些诧异，脸上也有些不大自然。

我问："你怎么没骑车？怎么来的？"

他说："庙会的街上人太多，堵得水泄不通，我把自行车放在你们村口的一户人家里了。"

我伸手搭在他背上，表现出地主之谊的盛情："赶紧进屋吧，都到了，就等你们了。"

张文凯跟他一起来的几个小子说："你们先进屋，我去上个厕所。"然后问我厕所在哪。

第十章

我指着我家后院，说："西南角。"

他说："走，你领我去。"

他这么一说，我就知道醉翁之意不在酒。

到了厕所，他说："这几个人是我们村的，在庙会街上遇到的。他们问我要去哪。我说去我同学家，他们也就跟来了，要是别人，我肯定不让他们跟着，可这几个都是一块儿长大的发小，这话我说不出口。"

我说："没事，多几双筷子的事，有两个人我好像还有点面熟，一会儿我换张大点的桌子，再添几个菜。"

我嘴上这么说着，心里却有点打鼓，不知道我家的饮料和菜还有没有剩余。张文凯窘迫地笑笑，跟我一块儿进了屋。

我让周天明、李学博从里屋搬出一张更大点的圆桌，先支上，然后我又跟我爸妈开了个紧急会议。问我妈，还能不能再添俩菜；问我爸，还有没有饮料，没有的话再去买点。我妈看了看家里的食材说，还能再炒个芹菜肉丝和木须肉；我爸说，饮料就剩几瓶了，他再去买两捆。

我急匆匆地从邻居家借来了三把椅子，终于让大家都有了座位。十个人紧紧地围坐在一起，气氛温馨而紧凑。

张文凯说："这事让我很受感动，就是这两件事让我认定你是一个值得深交的人。"

张文凯的梦想

十几年后张文凯实现了他的第一个梦想。我们全宿舍人都知道他的梦想。当时我们都正埋头吃饭。他站在宿舍的讲台上，左手端着一个白色搪瓷饭盆，饭盆底部由于磕碰而掉了一块块瓷，右手里的一双筷子敲敲盆沿儿然后指着天，大声说："大家别光顾着埋头苦吃了，都抬起你们高贵的头颅，问个事儿，你们有没有梦想？"

本来宿舍里一片说话声、吃饭吧唧嘴声，问完之后静悄悄的，没有一个人立刻站出来说："我有！"就连一向不走寻常路的周天明也没有说话。

李学博这时突然来了一句："嘿嘿，你们说，想娶个女明星算不算？"

张文凯一听，眼睛顿时亮了起来："你小子有志气，你这梦想，简直是我们广大男同胞的共同心声啊！"

刚上初中时，我爸也问过我这个问题。支吾半天，最后勉强说了个作家。

我爸说："作家很好，但你有没有想过其他的梦想？"

我爸想跟我进一步讨论一下，可我从没想过将来要干什么，也不知道梦想其实是可以随着社会进步，可以有更多选择的。我对梦想没有什么清晰的概念，对未来没有细致的规划，也不知道喜欢什么。因为没有梦想，才随口说了一个作家，当作托词蒙混过关。

第十章

在张文凯问出问题后，没人能正儿八经说出个一二三，可见我们当时作文本上《我有一个梦想》里的内容，并非真心实意，由衷之言。

张文凯往嘴里扒拉了两口米饭，漫不经心嚼了几下，像鸭子一样一抻脖子咽了下去，说："我喜欢大海，虽然我还没见过真正的大海，但在电视上见过，那汹涌的潮声似乎在隔着屏幕对我进行召唤，我感觉那里会是我生命的意义所在，起码我的整个青春会在那里。我也喜欢邮船，喜欢大船，越大越喜欢，那么一个庞然大物居然可以被一两个人控制着，这太酷了，我将乘着它去亲近大海。综上两点，我将来一定要在轮船上工作。"

说这话时张文凯目视前方，双眼仿佛已然透过了坚硬的墙壁，他似乎不是站在低矮的讲台上，而是站在海边陡峭的礁石上，海风猎猎。面对的也不是我们这群不知梦想为何物的乌合之众，而是面对着茫茫大洋和充满未知与新奇的航运生涯。

张文凯说："这是我第一个梦想，我还有其他梦想。"

我说："你行了吧。梦想是宝贵的，我们之所以没有梦想，是因为我们拥有不起，你怎么还能有好几个梦想呢？难道你的梦想就那么廉价吗？"

张文凯一本正经地回复我："此言差矣。梦想没有昂贵廉价之分，它很简单，谁都可以拥有，梦想就是你想干什么，向往什么，希望达成什么样的成就。"

"那好，你说，你还有什么梦想？"

张文凯继续做出刚才慷慨激昂的神情，说："我第二个梦想是出现在历史书上,让我们的子孙后代都记住我的大名,都以我为荣。你们听听,张文凯,这名字多响亮,一听就是为了上历史书而起的。"

此话一出,毫无悬念引起大伙儿一阵哄笑,我直接喷了一地米饭,笑得上气不接下气,说:"你得做出多大的成就才能上历史书啊,挑战性巨大!"

张文凯说:"燕雀安知鸿鹄之志哉。"

我说:"行行行,苟富贵,勿相忘。"

很多年后同学聚会,当张文凯告诉我们他已经成功当上了海员,并成为一名操作级二副时,除了惊诧没有什么可以表达我们的心情!在现实生活中,我还是第一次听到有人说他实现了儿时的梦想,这很了不起。

周天明斟了满满一杯酒,要敬张文凯。他红得像猪肝一样的脸漾着钦佩的神情,说:"当初你在宿舍讲台上告诉我们你的梦想时,都觉得你是一时兴起,随便吹吹牛皮,但是……"

周天明抑扬顿挫,将"但是"这两个字说得格外响亮。

"听着啊,张文凯,还有但是呢。你比我们都强,你当时说梦想不分贵贱,只要心之向往都是梦想,你十几年如一日为着这个目标坚持,不忘初心,方得始终,非常棒。可是张文凯你知道吗,我现在觉得非常不可思议,因为接下来你毕生的精力将致力于第二个梦想——上历史书。"

第十一章

遛 狗

在学校忍受十二天封闭化管理,就可以回家享受全方位的解放,身体上、精神上,包括饮食上。周五下午老师知道我们已无心上课,所以这两节课基本是一些副科。一到家,我和周天明、李学博就去沙坑遛狗,这是我们一直以来的习惯。

六年级时,先是周天明家买了一只不纯种的黑背,差不多有百分之七八十的黑背血统,样子大体上像那么回事。他家养猪,是用来看家护院的。虽然周天明每次出去遛狗,我和李学博都一块儿去,玩也是一块儿玩,但狗终究不是自己家的,这在体验上还是有差别的。由于想对一只狗享有绝对的拥有权,促使我和李学博也想养一只。

我跟我爸动之以情,晓之以理,向他陈述了养一只狗的若干好处,终于取得他的同意。他带我去县城狗市花一百块钱买了一只三个月大的狼青,也不是纯种,相似度百分之七八十。

之后是李学博,他爹可能有点门路,从市里的朋友那里抱回一只苏联红,根据我们当时所掌握的关于狗的知识,看上去像纯种,领回时两个月大,躯体毛色黢黑,被毛短而光滑,四肢毛色呈棕红色。六个月时就基本看出了它的成色,和先前的判断无异，出落成了一条双耳大而直立，双目有神，四肢匀称，体形高大，凶猛威武的大型犬。

每次我们出去遛狗，李学博都赚足了眼球，甚至有熟人发现苏联红是母狗后，要求将来下了狗崽一定要留一只给他，口吻一本正经，生怕李学博忘记了。然而李学博家的苏联红始终没下过一窝狗崽儿，一是由于确实没有纯种公苏联红交配，二是真怕因赠送不均而导致乡亲邻里由此结怨。

周天明家的黑背也是条母狗，生过三窝狗崽儿了，纯种德国公黑背不好找，不是纯种的那可就比比皆是了，黑背三次与三条不同的公黑背交配，共生了二十多只大同小异的狗崽儿，送这种狗不至于怕亲朋好友伤了和气，前来索要狗崽儿的人常常是这样的对话：

"你要不要？不要我就要了。"

"你要吧，我打算下次要只母的。"或者"这两只差不多，你挑一个，剩下的我要。"

似乎大家都是谦谦君子，显得非常和气。

我家的狼青是条公狗，平时在家还算听话，我发出的蹲跳起立卧的指令也都能快速准确做出相应动作，只是一和黑背、苏联红出门遛弯儿，我发出的号令就成了一股看不见的气体，放了就没了。决定它行为的再也不是我，也不是它的大脑，而是它的雄性激素。每当看到母狗就跟在人家腚后面嗅来嗅去，样子陶醉极了，甚至还趴人家身上，做出交配动作。为这事，我捧着它的狗头，一本正经、苦口婆心地跟它讲过很多次，这样不礼貌,不雅观,不要再这样了,可它仍旧不长记性。所以我们三个一块儿出来遛狗时,我的体验是最差的,获得的快乐是最少的,从那时候决定这辈子都不再养公狗。

那天不太热,过腰高的玉米苗随徐徐微风轻轻摇曳,沙沙作响。其实这个时候沙坑里不怎么好玩了,庄稼太深,视野太受限制。最好玩的应该是冬天,草坪一样的麦田,一眼望不到边,如果再下点雪,遇到一两只野兔,追追跑跑就更有意思了,不过我们养的狗属于护卫犬,跑不太快,一般抓不到野兔,像苏联红那样的大块头就甭提了。

有次,我们拿棍子在一堆扔在路边的玉米秸秆上敲打,有意打草惊蛇,结果真有只野兔蹿出来,疾驰而去。周天明见状激动得话不成句,想让狗追却又说不出来,只能咿咿呀呀指着那一溜烟乱叫唤。他家黑背聪明,还真心领神会了他的意思,向远处扫一眼,冲着那一溜烟奋蹄而去。我家狼青见黑背蹿了出去,它也跟着蹿去了,我真怀疑它蹿去之前有没有看到兔子,还是因为黑背蹿出去了它也想蹿出去,不过后来我发现它还真看到了那只兔子,甚至还和黑背采用了一些战术,围追堵截。最后跑出去的是李学博家的苏联红,庞大的身躯,一晃三摇,速度根本跟不上。

三四分钟后,吐着长舌头呼哧呼哧喘粗气的傻狗们怏怏而回,连兔子毛也没逮到。我们在原地看着它们和兔子之间的距离被拉得越来越远,直到最后兔子跳进一堆杂草里消失不见。

它们已经不是第一次被甩了,早就应该习以为常,可一个个还是闷闷不乐的样子。我们蹲下来各自抚摸着各家的狗,聊表慰藉。

我说:"没关系没关系,这荒郊野外的,你们刚才的熊样真的只有我们三个人看到,都是自家人,我们不会笑话你们,也不会告诉别家的狗。"

大片的玉米地使视野受到很大限制,也没好去处,我们就在一片低于路面的贫瘠荒草地上就地坐了下来,狼青不断骚扰它眼里的两位美女,美女不堪其扰都离它远远的。最终它悻悻地卧在了我脚边舔舐着自己的爪子。

我说:"你每次都是受了美女冷落才想起来还有我在,只有这时候看起来才乖点。"

我抚摸着它的头,它也不理我,我又说:"你知不知道听话忠诚的狗都是在主人身边寸步不离的,就好像现在这样,在家看家,在外护主,这才是好狗,知不知道。"

李学博跟我说:"狗都不理你,你还叨咕什么呀?"

"你懂个屁,你手头忙着事,耳朵就听不见话啦?谁跟你家傻狗似的。"

李学博喊的一声,表示不屑。

我笑说:"哎!等你家苏联红到了发情期,让我们家狼青去找它吧。"

"不行,看不上你家狼青。"

"怎么了,反正咱们这里也没有纯种苏联红。"

"不行,瞧不上就是瞧不上。"

我乐呵呵地调侃道："别看你家那只大傻狗现在对我家狼青爱搭不理的，到时候指不定多想念我家狼青呢。"

周天明听了我的话，哈哈大笑起来。而李学博则从地上捡起一个土坷垃朝我扔来，大概是想让我闭嘴。可我偏偏不，还继续逗乐道："要是那时候我们一起出来遛狗，你家大傻狗肯定会一个劲儿地缠着我家狼青。"

周天明笑得更厉害了，像是被人挠了胳肢窝一样，仰着头大笑不止。而李学博则没有理我，继续忙他的事情去了。

沈 妍

在我们上了初中后，就很少再见到郭菲菲了。我们到乡中上学，有三条路可以到达，其中一条路过郭菲菲的村子。一开始我们宁愿绕点远也愿意去郭菲菲村里过，她家正好毗邻大街，我们从街上路过，可以顺便看一眼她家院子，就当是看她了。

印象中好像只有一次碰巧她在家，她见到我们既吃惊又开心，她问我们怎么知道这是她家的，我们嬉皮笑脸说："多方打听到的。"她邀请我们进屋坐坐，我们扭扭捏捏没敢去。

很多年后我们聊起这事，周天明捶胸顿足，懊悔不已，他纳闷儿当时那么好的机会为什么没敢点一下头，进屋看看。

他想看看在她任教我们的两年时间里，她穿过的上百件漂亮衣服都在哪里放着，衣柜里盛的下吗？几十双各式各样的鞋子都在哪里放着，鞋柜里盛的下吗？闻过的香水都在哪里放着，梳妆台上盛的下吗？肯定还有很多很多他没见过的东西，她的房间到底是什么样的，什么装修风格？屋子里是什么味道？他好想知道。他非常后悔当时没有迈动那双可恶的，该拿棍子抡折的双腿。

后来，我们再也没有碰巧遇见过郭菲菲，渐渐地也就不再去她村里路过了，不再看她家的院子。

至于向雯，应该说她仍在我的生活里，我经常能见到她从我们班门口经过，可是我发现她已然不能使我的心思波动了。应当说明的是，我们之间没有矛盾，没有误会，我觉得正是这种什么都没有，甚至没有联系的状态，致使我们之间越来越寡淡。反观五年级我送她贴纸惹她不高兴时，我倒能时时感受到她，至少我知道我们之间还存在东西，哪怕是不愉快的东西。现在不一样了，我不能时时看到她，也不知道她每天在想什么，说不上话，分享不了快乐，分担不了烦恼，我第一次发觉人就是这样渐渐疏远的。

与此同时，我开始对我们班一个女生逐渐产生了好感，她就是沈妍。我必须坦诚，我喜欢她的很大一部分原因就是她长得好看，身材也很好。虽然那时的我年龄还不大，但似乎已经开始对喜欢的女孩类型有了初步的概念。我意识到，单纯意义上的瘦高并不是身材好的唯一标准，真正的身材好应该是有完美的比例，娉娉婷婷，让人赏心悦目。而且，她总是给人一种从容不迫的感觉，这种气质深深地吸引着我。

我常常在想，在我众多想念她的时间里有没有一瞬间她也

第十一章

正在想我呢？应该是有的。教室的座位布局宛如一个规整的棋盘，分为六纵九横。而我，恰好坐在这个"棋盘"上的三纵四横的位置，她则位于我斜前方的四纵二横。这样的距离，不远也不近，我可以在一节课的时间里，忍不住向她瞄上十几次。

每当我偷偷看向她时，内心总是充满了期待与紧张。有5%的概率，她会回头看我一眼。那一刻，我们的目光会在空中相遇，短短的0.5秒，却仿佛时间静止了一般。那0.5秒的目光触碰，让我心跳加速，血液沸腾，同时让我陷入了无尽的遐想。

在她想要回头看我的时间里，我坚信她一定是在想我。也许她在想我此刻在做什么，是否也在偷偷地注视着她；也许她在想我对她的感觉如何，是否也如她对我一般有着特别的心动。这些念头，就像是一颗颗种子，在我心中生根发芽。

第十二章

秘 密

宿舍里本应是一张床板睡一个人的,可能是因为床板不够,或宿舍空间不足,学校将两张床板横过来,这样就可以睡三个人。我和周天明、张文凯,我们仨在一个床铺上。那天晚上,我们以最舒服的姿势倚在被子上胡侃,接着王俊良从几个床铺外凌波微步般徐徐过来,引得下铺的同学连连叫骂:"小子,床铺要是塌了就砸死你爹了。"

王俊良坐下后,我们四个形成了一个不规则四边形,他问:"聊什么呢?"

"聊都干过什么不要脸的事儿。"张文凯戏谑地说,"你要不要给我们讲一个?"

"好啊,我先听听你们说的都是什么尺度的,我再筛选一下我该说什么。"

"都瞧瞧人家,不要脸的事儿一堆一堆的,还分三六九等,随便拿出一两个就够我们消遣了。"张文凯起哄说,"行,既然你来了,我就再分享一个。"

很多年后,我们聊起那次分享,张文凯说:"之前我从没在人前说过我的小秘密,就是那种连自己都觉得有点腌臜的小秘密。因为我说出来肯定会被笑话,然而那一刻我竟然有了和盘托出的冲动,觉得突然有了这么一个机会,可以将我们偷偷干过的一些荒唐事一吐为快,挺过瘾的。就如同我们现在坐在这里喝酒,好不容易聚一次,自然要尽兴。"

张文凯说:"还是我先来。"他往前挪了挪身子,更靠近我们一些,他说:"应该是六年级的时候,有次我跟我爸去他单位,办公室只有一个看上去二十多岁的女人。她看到我爸把我带来了,就眉开眼笑地从座位上走到我跟前,叫我名字,还抚摸我的头发,表现出非常喜欢我的样子。我纳闷儿她是怎么知道我名字的,印象中我在我爸单位没见过她,莫非是新来的?但这丝毫不妨碍我第一次见到她就对她有很好的印象。"

讲到这儿,周天明插了一句:"等等,你第一次见她,她就能叫出你名字,还非常喜欢你,这是怎么回事?肯定是你爸经常向她提起你啊,可是同事之间为什么总聊起家庭呢?"

周天明故弄玄虚地向我和王俊良挑眉,我心领神会,接话:"就是啊,还是新来的女同事,重点是年轻啊,二十多岁,谁不喜欢年轻的呀。"

王俊良也说:"你可要看好你爸哦,那次见面可能就是在探你的虚实。"

"滚滚滚!"张文凯嗔怒,"还想不想听了?"

"听听听,你讲、你讲。"我打着圆场,张文凯还没开口,我又说,"挺好奇那女人漂亮不漂亮?"

张文凯说:"还真被你猜着了,真漂亮,乌黑顺滑的齐肩短发,一张白皙的瓜子脸,给人清清爽爽的感觉,略微偏瘦的身材更凸显这种气质，不知道为什么我有强烈的直觉她还没有结婚。"

张文凯满面笑容，像又在回想那女人的模样："第一次被这样好看的一个大姐姐亲昵地抚摸头发，难免有些羞涩，我一句话也没说，叫我名字也没答应。我爸说我没礼貌，其实他不知道，我表面冰冷内心火热。给我点时间，我适应一下，我会说话的，我会说很多很多话。由于办公室也没吃的东西，也没玩的东西，她就问我渴不渴，要不要喝水。我摇了摇头。她说，给你凉一杯吧，要是渴了你就喝。我爸跟那个大姐姐说，你不用管他，都那么大人了，渴了自己倒。但她没有听我爸的，拿起自己的白瓷杯子到墙根的暖壶里倒了杯水，她放下暖壶走到我跟前顾自嘀咕'水怎么不太热呀'，然后努嘴试着尝了一口说，'嗯……真的不太热了，赶紧喝吧'。这个过程我一直紧紧盯着她，或者说，从我一进门开始我的视线几乎没有离开过她。她太美了，又特别热情，她的笑在那个冬天实在太温暖人心了。"

张文凯讲述时，脸上的神情不断发生着变化，时而羞涩，时而兴奋，"她轻轻把杯子放在我面前的办公桌上，然后回到自己的座位上，开始认真地书写着什么。我爸向她提到了一个名字，询问那个人的去向。我不知道他们说的是谁，估计是他们的另一位同事。她指了指楼上，说那个人上去拿材料了，接着又低头书写。但没过多久，她又抬起头，提醒我快点喝水，因为水已经不热了。我应了一声，坐直了身子，双手捧起那个白瓷杯。"

张文凯讲述得越来越投入，甚至开始配合着肢体动作，仿佛重新回到了那个场景，"我轻轻地吮了一口，正如她所说，水并不烫。那一刻，我感觉那是我喝过的最甜的白开水，比在我最渴的时候喝下一大杯冰糖水还要甜。喝到一半的时候，我爸提到的那个同事回来了，他们继续聊着工作上的事情，那些话题对我来说有些枯燥，但我喜欢听那个漂亮姐姐说话的声音，喜欢她给我倒的水，那种感觉，真的太美妙了。是的，就是那种让人心旷神怡的美妙。"

张文凯讲完后，我们仨忍不住哈哈大笑起来。

"我也来讲一个。"他们一听我要讲，情绪更高涨了起来，支棱着耳朵，眼睛溜圆。

我盘起腿，问他们："你们都知道那种美女挂历吧，有汽车模特儿，有摩托模特儿。"

"知道。"

"这种挂历挺普遍的，我在很多人家都见过。一般是买摩托车或家电时的赠品，挂历下面印着他们专卖店的地址和电话，我家那副就是买彩电时送的，另外还送了一条价值一百二十八块的皮带和七十八块的钱包。一千三百块的电视，光赠品就价值二百多块，净是瞎扯。皮带我爸系了一个多月，断了，我就知道都是糊弄人的东西。钱包压根儿没用，出门随身携带的不过几十块钱，要什么钱包？几张纸币放在兜里几乎显不出来，带一个鼓鼓囊囊的钱包干什么，多此一举。挂历挂在我家屋子

149

西墙上，上面的模特儿妆容精致，穿着前卫。我爸妈偶尔翻看一下日期，但是只要他们在家，我都尽量避免去触碰它，生怕他们察觉我的小心思。后来我爸单位发了新挂历，是以山水画为主题的。我妈把美女挂历换下来，我以为她要扔掉，但如果我要阻止她扔，又没有很好的借口。好在她没扔，她把挂历一张张撕开，贴在墙上的衣钩下，为的是不使衣服和墙壁有直接接触，避免蹭上墙灰。我不知道我爸是怎么看待那些浓妆艳抹、眼神勾人的车模的，他似乎没有多大兴趣。"

"得了吧，哪个男人会对美女没兴趣？"周天明插话道，"也许你爸经常在挂衣服之前，都会仔细看看那些丰乳肥臀的车模，你只是不知道罢了。"

这话引来他们一阵哄笑。

"我爸妈可能一直认为我还小，所以对类似于这样的东西并没有加以避讳。其实他们不知道，这已经潜移默化地影响了我所喜欢异性的类型。"

那天晚上我们一直畅聊到宿舍熄灯。熄灯后我们便拿出我们的小收音机听广播，这种小收音机风靡在各个男生宿舍，有正方形的，长方形的，很小，很便携。我们最喜欢听音乐广播电台，电台海量的歌曲资源不是我们仅有的几盘磁带所能比拟的，所以当我们听腻了手里的磁带，小收音机就成了我们的新宠。偶尔也用来听听半夜时分的情感电台，这是我们在百无聊赖的校园生活里的一个重要消遣。

每晚都有一些听众往电台发短信咨询问题，希望主持人和热心听众给予一些建议。问题往往都是被人介入或介入别人的感情当中，形成了纠缠不清的三角恋情，咨询者因这些事情引发的心理纠葛，矛盾，甚至障碍，让他们痛不欲生。我觉得有些人根本就是咎由自取，比如：一个妙龄少女喜欢上一个已婚男人，她明知道对方不会为了自己而舍弃家庭，还义无反顾，飞蛾扑火。男人玩累了，想回归正常的家庭生活，这个少女就悲观失落了，向电台打电话说她真的很爱那个男人，离不开他。说实话，这样的人根本不值得被同情。久而久之我们对这类节目有了免疫，在听到一些平庸平常的问题时我们就会感到厌烦，认为这些问题完全不值一提，我们就可以替她很好地解答。听众咨询的问题越是古怪奇特越是纠结烦恼，越能让我们感到新鲜和兴奋。

　　小学时，我们看过不少卖药的广告纸，现在与时俱进了，广播成了宣传单的升级版本。但我们仍旧不爱听患者买药前的咨询环节，就爱听吃过药后的患者反馈。其实我们也知道，净是找来一些托儿在胡说八道，和所谓的"专家"一唱一和演双簧。所以我们常常诅咒他们，诅咒他们吃一辈子假药。

第十三章

生理卫生课

我们终于迎来了一辈子只有一次的生理卫生课。学校将这堂课设置在这个时间点颇有考究，早一点，我们体会不到书上讲的是什么。晚一点，很多事，很多苦闷，大家已然承受，亡羊补牢，为时已晚。不过这是对于大多数学生而言，事实上我们几个当时所掌握的生理知识已经远远超出了我们需要学习的范畴，根本不需要老师再教我们该怎么做。

生物老师何丽丽，一个刚毕业的女大学生，身材有些偏胖，但她对黑色情有独钟，经常选择一身黑色衣服来修饰自己的身形，这种深色调让她看起来显得苗条。

除了衣着，她对自己的发型也非常讲究，似乎特别喜欢黑长直的发型，这种发型既显得端庄大方，也在一定程度上拉长了她的脸型，显得更加瘦削。差不多每半年，她都会去做一次离子烫，以保持发丝的顺滑和直度。这个习惯雷打不动。

那天下午的第三节课，何丽丽手拿课本来到教室，我们一看到她就开始笑，她也笑。

何丽丽站到讲台上，柔顺的头发被门口和窗子里流通着的细细微风轻轻拂动。我们集体眼巴巴望着她，我感觉我从来没有像现在这样热切地想要上一节课。

何丽丽说:"我一来你们就笑,你们是不是就等着上这一课呢?"

我们大声回答:"是啊,是啊。"

其中不乏女生,我纳闷儿她们为什么也如此兴奋?我们男生对这仨瓜俩枣的知识点并不十分上心,我们上这堂课纯粹是想看生物老师到底怎么讲。

紧接着我问生物老师:"你一来就笑,是不是就等着给我们上这节课呢?"

大家被逗乐了,何丽丽笑得更加灿烂。

片刻后她说:"今天上课前我就做着两手准备,讲和不讲。看大家情绪这么高涨,那我就不讲了。"

我又问:"为什么呀?我们情绪高涨还不好吗?"

"你们就是瞎起哄,还没讲情绪就这么高涨,一讲,了不得了,别的老师路过咱们班,还以为怎么着了呢。"

"那我们都老实点,不喧哗,不热闹了。"我站起来一本正经地维持起了课堂秩序,"大家都安静点,听老师讲课。"

何丽丽似乎并不太领情:"不讲了。"

这时,周天明又说:"老师,您讲吧,我们这次听课效率肯定都高,不信下次考试您看看,肯定个个高分。要是都死气沉沉没人听,您讲起来还有什么意思啊。"

张文凯也补充道:"我们知道这节是您的课,刚才课间我们都没有出去透气,有的甚至连厕所都没去,早早翻到这一章开始预习了。老师,您快讲吧,哪有学生求着老师讲课的,别的老师都是求着我们好好听课。"

大伙儿随声附和:"就是!"

何丽丽又笑起来,将课本随手一翻,说:"也没什么好讲的,书上的内容你们可能都经历过了。"

"什么都经历过了?不知道啊。"张文凯佯装一脸懵懂。

何丽丽白了张文凯一眼:"你少说话行不行,数你话多。"

"哦哦,您这是开始讲了吗?"

何丽丽没理他,低头看课本说:"根据书上写的生理发育情况,依你们的年龄来看,我判断大家基本上已经经历过了,可能也知道如何处理这些情况了。"

周天明说:"我还没有。"

张文凯也附和:"我也没有。"

班上一些女生开始小声偷笑。

何丽丽漫不经心地应付道:"哦,是吗,会有的。女生身体发育要比男生更早一些,所以女生初潮相对于男生遗精来说也更早一点。月经期间应避免剧烈运动,偶尔也会伴有腰酸乏力,轻微腹痛,都属正常现象。"

我不知道生物老师在讲台上照本宣科式地讲话算不算讲课,还是纯粹出于师长的关爱?要说讲课一点也不生动,要说关爱一点也不动情。

"怪不得昨天体育课你不跑步呢,原来如此……"周天明故作惊讶地问周晓莉。周晓莉把生物课本合上,用力砸在周天明背上，声响巨大。

何丽丽停下来，横眉立目："还听不听课了？不听出去。"

哦……这时生物老师算是解答了我刚才的疑问，这是在讲课。

"这也算讲课？"对此说法，周天明也不买账，嘀咕道，"我还以为你跟我们聊天呢。"

大家哄笑。

何丽丽瞬间又变了一张脸，假装和颜悦色起来，说："聊天也行啊，寓教于乐其实是教育的最高境界。你要是愿意聊，这课咱们就聊聊。"

"怎么聊啊？"

"你刚才不是说以为我在跟你们聊天吗？那就你问我答。"

我朝周天明挤眉弄眼，怂恿他赶快答应。周天明却踌躇着，像有点发怵。

一看他表情我就知道成不了，我急忙举手代答："老师，我问吧。"

何丽丽又变了脸，呵斥我道："你要是捣乱，你也给我出去。"

重担仍旧落在了周天明肩上，他见我被呵斥了，气儿一软，低声地说："我不知道聊什么。"

"那就好好听我讲。"我伸出手指嫌弃地对周天明指指点点，对他一副鄙视的眼神。

很多年后，我跟周天明说："其实你当时一咬牙一跺脚逞了匹夫之勇,我们是绝对不会丢下你不管的,你不知道问什么没关系,还有我啊,还有张文凯啊,还有一大堆青春期的男生女生啊。要是那样,那天的生理卫生课不知道会多精彩,一辈子就那么一次啊,就那么葬送在你手里了,周天明你是个罪人。"

而现实情况是,生物老师仍旧照本宣科,像一个没有感情、不会掌握语气的电子朗读机,那天的课就是这么上的。

第十四章

代数老师

班主任韩庆民常常倡导我们要把老师当作知心朋友，学习上、心理上，任何问题都可以跟他们开诚布公，做个健康上进的好学生。第一次听他这么讲时，我就觉得这话似曾相识，郭菲菲当初就是打的这副感情牌。

倡导是好倡导，可有一个问题始终避免不了，就是把老师当作朋友后，他们高高在上的威严感就会大打折扣，我们不可能总跟一个好朋友彬彬有礼，毕恭毕敬，所以我一直很想告诉他："知心朋友有风险，开诚布公需谨慎。"毕竟这是有前车之鉴的。

就拿代数老师郑建树来说，我和他就是亦师亦友的关系。虽然我数学成绩在整个求学生涯中始终是最差的一科，但我和代数老师的关系却是所有老师中关系最融洽的。郑建树和生物老师何丽丽一样，都是刚大学毕业，第一份工作都是来到我们学校任教。

我们初一入学时，他们也初来乍到。生瓜蛋子教生瓜蛋子闹过很多笑话，原本我们人生地不熟，刚到新环境，一眼望过去都是生面孔，正是心灵脆弱，需要关照的时候，谁料郑老师

第一次上课，大步流星走上讲台，报了姓名，报了年龄，简单说了几句，紧接着又鞠躬，说道："请大家多多关照。"

我和周天明交换了个眼神儿，暗暗偷笑："什么情况，谁照谁啊？"

鞠了躬，郑建树愣了一会儿，一米八的大个儿站在讲台上要是无所适从起来就会显得有点傻。片刻之后，他腼腆一笑，说："如果没什么事，咱上课？"

我心想："上啊，你是老师你问谁呢？上不上课不都你说了算。"

然而，在之后的日子里，代数老师郑建树在篮球场上用实力证明，一米八要是潇洒起来也是势不可当。但是大多数情况下他总归是个平常人，常年留着小平头，戴一副金属黑框半包边眼镜，看上去文质彬彬、正义凛然的样子。

代数老师郑建树来学校总是骑一辆破旧的二八大梁自行车，前轱辘没有瓦，后轱辘没有闸，整个车架锈迹斑斑，我跟他说过："你也算是仪表堂堂、风度翩翩了，为什么总是骑这么破的车？换作是我都不会骑，何况你还正处在交女朋友的特殊时期，本来哪个未婚女老师对你有点意思，就因为这破自行车人家也会对你印象大打折扣。"

代数老师郑建树对我的看法不以为然，他说："既然都'仪表堂堂、风度翩翩'了，骑什么就无所谓了。"

他似乎非常喜欢车，经常在课堂上讲着讲着就要拿汽车打比方，说起来如数家珍，头头是道。

我问他："你是不是特别喜欢车？"

"没错，我觉得我开的这就是'宝马'。"他拍拍自行车车把一脸神气地说道。

很多年后我再次见到代数老师郑建树时是一个冬天，大概农历腊月二十几，我从外面回老家过年。那天我们村有个小伙子结婚，我站在我家巷子口看热闹，一列气派的婚车队伍缓缓前行，欢快喜庆的洋鼓洋号吹吹打打走在前面，在最前面带队，兼职放鞭炮的是新郎的发小。

这时，一辆宝马汽车缓缓驶到我跟前，车窗落下，司机探出头来跟我说话："我老远看着就像你，走近了发现果然是你。"

我定睛一看那人，原来是郑建树老师，不由得惊讶地笑起来："老师？你怎么会在这里？"

郑建树老师微笑着解释道："新娘是我们家族的闺女，我今天是来送亲的，还兼任司机。"

我了然地点点头，问他："老师，你开上真的宝马啦？"

他得意地笑："那当然，这是多少年的梦想了，现在终于实现了。"

由于迎亲的车队还在等待，不能久留。我指着身后的巷子对他说："我家就住在这里，巷子里只有我家一户，很容易找的。有空记得过来坐坐。"

郑建树老师环顾了一下四周，点头说："好的，我记住了。"说完，他随着车队走了。

代数老师郑建树的"宝马"自行车车把上经常挂着一个网兜，兜里装着篮球或者足球。由于足球的普及程度低，再加上也没几个人愿意踢，我们学校的足球场地极其简陋，但是常常能看到他自己在凹凸不平、杂草丛生的场地上放几块砖充当障碍物，然后运球从中娴熟地绕来绕去，在球门前再做几个假动作，假装晃过守门员，起脚轻松射门。或者在各个角度远远地开任意球，一脚踢走，不管进不进，都要自己跑老远亲自把球捡回来，因为球门只是两根立柱一根横梁，根本没有网。从小到大，我第一次看到这样一个没有条件创造条件也要坚持爱好的人，我不知道他枯燥地练习这些技能有什么用，反正也没人来请他参加世界杯。

直到有天中午我刚从学校门口的小卖部出来，看到代数老师郑建树全副武装，出了校门往北走，他穿一身干净的黑白相间的7号球衣，一双专业的黑色碎钉球鞋，还穿了双快到膝盖的长筒袜，肩上用网兜背着一个足球。

他先是没看到我，我喊了他一声，他才转过身看到我。我小跑过去，问他要去干吗。

他说："下午有场比赛，现在准备过去。"

他看到我手里拿着的干脆面，问我："中午不吃饭，就吃这个？"

我含糊了一句："饭不好吃。"又问他："在哪儿比赛？"

他说了另一个学校的名字，那学校在县城。

"我以为真的有人看到了你的努力,请你去踢世界杯呢。"

代数老师郑建树大笑,说:"世界杯是高规格国际比赛,你开什么国际玩笑。"

"那是老师们的比赛?"

"不是,只是一些喜欢踢足球的朋友,自发组织的。"

"赢了有奖品吗?"

"没有,友谊赛。"

"那你们还比个什么劲儿?费半天劲啥也没有。"

代数老师郑建树咧嘴笑了笑,摸摸我的头说:"你懂个屁。"

"不懂你们。"说完我扭头就跑回学校了。

下午第三节课,课间休息,我在教室门口正好看到代数老师从校外回来,便朝他飞奔过去。他已经不像出发前那么光鲜亮丽了,脸上满是一道道汗水风干后的汗痕,洁白的球衣和球袜蹭上了深深浅浅的污渍,人看上去也有些疲惫。

他看到我没说话便先笑起来,我从他手里抢下球,帮他提着,问:"怎么样?赢了没有?"

他摇摇头,仍笑,"1∶5,大败"。

"那你怎么还笑得出来?"

"这不很正常吗,谁规定输了比赛就该愁眉苦脸的?你有没有见过那种赢了比赛反而哭的?"

我想了想,说:"见过,电视上见过,赢了比赛之后,双手捂脸跪在地上痛哭流涕。"

"知道为什么吗?"

"知道。"

"所以啊,情绪只是一种心情,和结果没啥关系。"

体育委员张文凯

代数老师郑建树除了喜欢足球,也常常打篮球,不仅体育课能看到他的身影,其他时间,他没课时也常打篮球。由于篮球普及较广,玩的人也多,所以学校的篮球设施还不算差,操场的三分之一水泥硬化过,在上面并排装了五组篮球架,篮板全是透明的有机玻璃,这规格应该算是不低了,课余时间场地均是被占用状态。

由于其他体育设备不健全,不能满足所有人爱好,所以每次体育课,班主任兼体育老师韩庆民都号令我们围绕操场跑三圈,差不多1200米。这是唯一一个全班同学都可以参与的零门槛体育项目。

按照体育老师韩庆民的话说,除个别同学特殊情况外,其他同学必须保质保量完成1200米跑,否则体育课就成了摆设,就成了除那些主动参加运动的学生的自由散漫时间,这非常不可取,德智体美劳必须全面发展。

体育老师韩庆民整好队,按惯例发表讲话之后,由体育委员张文凯带队跑操,我始终认为体育委员应该在队伍前面带领大家,但是张文凯总在队伍的内环偷奸耍滑,三步一停五步一歇，只在嘴上表现得十分卖力。"一二一，一二一，大家跟上，保持队形整齐。"三圈下来他要比我们少跑好多，也只有他脸不红心不跳，连气息都还是平缓的。

我跟张文凯说："体育老师眼瞎啊，当初选了你做体育委员，净捡便宜钻空子了。"

张文凯却说："你懂不懂，我在内侧是为了掌控全局，看队伍整不整齐，如果不齐要及时调整。"

"那你怎么不去外侧？外侧也可以掌控，说白了你还是要滑头，图轻省。"

他死皮赖脸地笑着说："你怎么不说韩庆民呢，有时他要我入列，他亲自带队，你又不是没见过他带队，我们围着操场跑，累死累活像条狗一样，他在中间原地转圈看着我们喊口号，要说图轻省我可比不了他。"

"你还有脸说？你知道为什么体育老师要亲自带队吗，他是实在忍不了看你每次都偷奸耍滑。"

我一直认为体育委员应该在各个体育项目上起表率作用，可张文凯并不如此，他从来不打篮球、不踢足球，甚至连乒乓球都不会，要不是因为他职责所在，恐怕连课间领操都不去。

究其原因，张文凯说，这和他的学习及梦想无关，技多压身，多做无益，很可能还会因此受无谓的伤害。

我质问他："让你活动活动筋骨，你怕受伤，那你打架斗殴，鼻青脸肿，算不算受无谓伤害？"

他义正词严地回击我："那怎么能算无谓的伤害？打架大

多为了兄弟,古往今来,众多英雄豪杰,两肋插刀,肝脑涂地,哪个不是忠肝义胆?哪个不比我事儿大?我这区区几场架算什么?"

我知道他想上历史书,历史读得多,什么事都想和历史挂钩,什么事都以史为鉴。我说:"好好好,且不论这个,既然你不愿意运动,把体育委员这个职务让给我,怎么样?"

我把隆起的肱二头肌亮给他看:"像我这头脑简单、四肢发达的人,不做体育委员浪费了。"

张文凯摸着我坚实的肱二头肌说:"暂时不行,其实我也不愿意当体育委员,我想当班长,这样才能训练我的领导能力、组织能力,但是无奈班长没选上,就先拿体育委员练练手,好歹也是班干部成员啊。总之这都是为我将来的理想做铺垫。"

我推开张文凯猥琐的脏手,白了他一眼说:"铺垫个屁你铺垫。"

代数老师和另外几个老师见我们跑步完毕就号召我们过去打篮球,通常是老师一队,学生一队。

我们刚跑完步,都蹲在操场边上大口补氧,没人愿意立刻参加,我和王俊良被生拉硬拽上了场,代数老师又扫视一遍,见张文凯面色平静,呼吸平缓,非要抓他这个壮丁。张文凯一再强调自己不会,郑建树仍不听,说:"凑个数凑个数。"

张文凯盛情难却上来了。

张文凯没有撒谎,他是真不会玩,接二连三拉人、推人、走步。这些犯规行为老师都看在眼里,但都一一容忍了他,凑数的人还能对其有多高的要求？即便如此，对张文凯要投篮得分的动作还是要严加防守的，莫出手，出手必被盖。

那天，张文凯吃够了"大火锅"，后来老师们见张文凯脸都绿了，也就不再那么苛刻，任由他投篮，即便如此，给他机会投篮也是百发百不中，而且常常是三不沾，老师和场边观看的同学笑得脸都红了。

下了课，在回教室的途中张文凯跟我说，代数老师是成心赶鸭子上架，要他难堪。

从那儿之后张文凯就和代数老师郑建树处处作对，但也不涉及正经事上的恶意对立，只是在一些小事上胡拆台。

就拿替课这事儿来说。体育、美术、音乐，这三门课总是无缘无故被撬。我们经常听到一句话："今天你们体育老师有点事，这节课由我来上。""今天你们美术老师有点事，这节课由我来上。""今天你们音乐老师有点事，这节课由我来上。"我就纳闷儿了，为什么一到上我们喜欢的课时，这些老师们就开始忙？我们不喜欢上的课，老师们总是勤勤恳恳，整个学期都是全勤。

代课这话出自语数外三位正科老师口中的概率明显高于其他老师，我们从来没遇到过美术老师有事，音乐老师来替课的情况。

遇到其他老师替体育课，体育委员张文凯倒没说过什么，唯独代数老师来替课时，他就开始拆台："老师，体育老师没在，我身为体育委员，有责任、有义务替体育老师带领同学们到操场上课。"

郑建树说道:"你们体育老师说了,要我接替这节课。"说完就拿起粉笔要往黑板上写字。

张文凯从容不迫:"体育老师以前跟我说过,他有事时我可以直接带领大家去上课,今天他一定是临时有急事,没顾上通知我。"

代数老师开始在黑板上奋笔疾书:"下次吧,下次由你带领大家上课。"

张文凯步步紧逼:"下次复下次,下次何其多。就这次吧。"

郑建树被逼急了,急赤白脸地说道:"你怎么这么多事儿,这次我已经备好课了,而且都写在黑板上了,坐下听课。"

张文凯见紧逼不成,立刻换了策略,投其所好:"老师,我们也需要劳逸结合,锻炼好身体是为了更好地学习啊,要不然你带我们一块儿打打篮球怎么样?"

代数老师把粉笔一扔,说:"你就这么不愿意上我的课?"

事实上张文凯是非常喜欢上代数老师的课的,甚至觉得他的课算得上妙趣横生了。虽然我完全听不懂郑建树在讲什么,但在我开小差时常常听到大家哈哈哈一阵大笑,急忙抬头向黑板方向引颈张望,可并看不出为何发笑,只能用胳膊肘子拱拱旁边的张文凯,问他:"你们笑什么呢?"张文凯叽里咕噜地跟我说一通,我点点头,还是不明就里,但我知道代数老师郑建树讲课能把张文凯逗乐,所以张文凯一定觉得他的课很有意思,这是我的推断。

另外，代数老师郑建树也着实不易，从初一开始一直把我们带到初中毕业，由于每一天每一节课对他来说都是新课程，从来没有跟任何人讲授过，所以他每天需要查阅大量的教材和辅导资料，艰难程度可想而知，可要想把我们教好，他必须如此。这么说来是我们使代数老师郑建树拥有了丰富的教学经验，我们应当居功自傲，我常常这样想。

我和代数老师

响应班主任韩庆民的号召，和老师做知心朋友。为了促进我和代数老师的友谊良好发展，我常常假惺惺地捧着书本去向他请教问题，我听不听得懂是一回事，他讲不讲是另一回事，因为他给我讲题使我们关系更加紧密融洽，这是第三件事。这三件事看似没有直接关联，其实是密切的递进关系，缺一不可。除此之外，我们还和一些年龄差距较小的老师成了朋友，譬如生物老师、美术老师。有了朋友这层关系，我们就变得有恃无恐，在他们的课上总是兴风作浪，异常活跃，被点名警告依旧毫不收敛。

一次代数课，郑建树在上面大声讲课，我在下面和四周的同学交头接耳，这让他非常恼怒，他指着教室外面厉声说道："向阳，你给我出去，瞪了你好几次不知道瞪谁呢？"

我端端正正坐好，表示已经知错。

代数老师重申:"听到没有,出去!"

我小声嘀咕:"出去去哪儿啊?"

"爱去哪儿去哪儿,别让我看到你。"

"你可以不看我,你讲课就是了。"

"少啰唆,快出去,别浪费大家时间。"

"你不讲课,是你在浪费大家时间,关我什么事?"我说完这话有不少同学哄笑起来。

代数老师郑建树觉得有点颜面扫地,从讲台下来,走到我课桌前威胁我:"你出不出去?"

我犹豫了片刻,硬着头皮说:"不出去。"

我之所以不能答应出去是因为事态已然非常紧张,如果我现在妥协,就等于是让代数老师郑建树挽回了颜面,我颜面尽失。如此,还不如一开始就乖乖出去,显得老师不怒自威,我又尊师重道,何苦落到在较量中俯首称臣的境地。

代数老师郑建树见我铁了心执意不肯听从命令,便采取强硬措施,伸手要把我揪出去,我跳离座位,和他面对面相隔一张桌子对峙起来。他往左动我也往左动,他往右移我也往右移,围着课桌转了好几个圈,玩起了猫鼠游戏。

后来,周天明跟我说:"后怕,真后怕。看到你和郑建树也在班里转起了圈,我就想到了我和王春芳,真怕你也捅了娄子。"

我说:"郑建树和王春芳可不一样,你可别拿他俩做比较,而且我也瞧着事呢,从当时的气氛来看根本就不可能捅娄子。"

其间,所有人都在笑,包括我,只有数学老师气急败坏地拿我的课本指着我:"你给我滚出去。"

他越是着急,我就越是嬉皮笑脸:"你赶紧讲课吧,都耽误大家多长时间了。一人一分钟就是一个小时,你不是经常这样告诉我们吗?"

"你出去我才讲。"

"那你别讲了。"我将胯骨一扭,身体重心转移到一条腿上,悠哉地站着。

郑建树将我的桌子一把扯到他身后,我见没了可以与其继续周旋的障碍,自觉大事不妙,便拔腿就往教室外跑,我以为这样也算解决了问题,落荒而逃起码比俯首称臣要好一点。等到下次上课,老师气也就消了,事情不了了之。

谁料郑建树竟追了出来,从我看到他追出来那一瞬间,如果把我的腿比作一副轮胎的话,我的大脑就是发动机,从正常行驶达到自身车速极限用时不到两秒,耳边即刻呼呼生风,也不知道该往哪里开,只是一个劲儿横冲直撞。

郑建树人高马大,一步顶我三步,很快追了上来,如果把我比作一辆普通家庭轿车的话,郑建树一定是一辆进口顶配越野,撵我自然不在话下。

眼看距离越来越近,我知道在劫难逃,便也不想再做垂死挣扎。心一横,腿一站,就地一停,缩头缩脑地摆出一副任他处置的姿态,他三两步赶过来,揪住我的衣领子说:"别以为我舍不得揍你。"

他嘴上这么说,但终究是没动我一根手指头。

169

这事儿过后的第三天上午，班主任韩庆民发给我们几张新的壁画，安排张文凯找几个人把旧的换下来。

下了课我们把新版本的牛顿、居里夫人、爱因斯坦张贴上去，班里立刻有了新气象，无论从壁画的配色、人物真实度还是字体来说，都比旧版好看不少。

郑建树下午来到班里时也如此表示，他站在讲台上喜眉笑眼地说："耳目一新，新气象呀，希望你们这次单元测试也能考个好成绩，现在把与考试无关的东西都收起来。"

试卷分发完毕，大家进入答题状态，只有我还在对我们上午张贴壁画的工作感到自满："贴得不错吧，连代数老师都说贴得好，不上不下，不左不右，图钉不歪不扭，而且十分平展。"

我盯着墙上吹胡子瞪眼的爱因斯坦看了一会儿，我纳闷儿他为什么总是头发乱蓬蓬，不修边幅的样子，无论在书本上还是壁画上都是那个样子。我想起小学时，数学老师孙慧兰说爱因斯坦的智商高，我虽然不知道智商高到底是种什么概念，但我天生自命不凡，认为自己一定比他聪明。如果学校有什么可以检测智商的仪器，我一定要拉着同学，一起去见证我的那个巨大数值，但是没有，那我也无可奈何。不过我还是要说："爱因斯坦不如我！"我之所以没有和牛顿比较，是因为孙慧兰说他天资并不聪慧，靠着后天孜孜不倦地努力，苹果帮了他的忙，才成了伟人。孙慧兰说这话时，课堂气氛相当活跃，完全是一副开玩笑的口吻，可我却一味当了真，我心想，"好，既然你天分一般，那我就不和你比较了，以免自降身价。"

这种不可一世的盲目自信一直伴随我很多年。后来，具体从什么时候我才知道天高地厚的，我也并不十分清楚，但是那次代数考试，很大程度上消减了我鲁莽的锐气。

我从壁画上移开视线，发现其他同学都在奋笔疾书，张文凯差不多做了小半张了，于是我快速浏览了一遍试卷之后，揪着自己的头发，开始怀疑人生，我诧异地嘀咕："真没有一道会的？"

我拿出演算纸，在填空题上忙活半天，勉强填了一个，还不确定对错。选择题倒是都做了，一律遵循"三长一短选最短，三短一长选最长"的蒙题规律，然后一路下来干干净净，没有一丝卷面污染。

因为我有着足够的时间，加之天生傲视群雄的优越感，所以我并没有完全服输，我在最后一道大题上琢磨起来，花五分钟时间郑重其事地写下一个"解："我仔细端详这个解字，感觉写得非常漂亮，平时从没写过这么漂亮。

我把那道题至少读了十遍，语文老师曾经说："读书百遍，其义自见。"代数老师郑建树也常说"多审题，多审题。"我想，不同科目在这一点上是相通的，多读才能理解其中意思。读了十遍后我顿时感觉灵光乍现，醍醐灌顶，茅塞顿开，抬手一拍脑门，说道："这题我会了。"

郑建树朝我怒目而视，鉴于大家都在答题没有出声训斥，我神情歉疚地向郑建树认错示意，随后拿出两张干净的演算纸，

171

准备大肆操练一番。用完两张纸后深叹一口气，发现话还是说早了，象棋可以看到对手五步之外就是高手，一道题可以一眼看到结果？显然我没有那么高的水平，我也写了五步，卡住了，一直卡到交卷。

交卷那一刻我知道，我可能赢不了爱因斯坦了，能和牛顿打个平手就不错了。

两天后的上午，代数老师郑建树拿着试卷走上讲台，喜气洋洋地说："卷子批改完了，果然有了新气象，很多同学都有进步，本来我以为最后一道大题比较难，答上来的可能不多，没想到居然有一半同学答对了，没答对的也写了步骤，能看出大家都用了心，所以我也给了步骤分。"

我们纷纷为自己的努力鼓掌，为老师的仁心善意喝彩，郑建树说："接下来把试卷发下去，然后自觉把错题改到错题本上。"

试卷发下来，干净的卷面上，显赫鲜红的大数字 8 分，我前后翻看两遍，只对了四道选择题。我傲视群雄的心态顿时崩了。

第十五章

谈 心

初三时我们和代数老师郑建树的友谊已经渗透到了校外生活中，我和周天明、王俊良开始频繁地到他家去玩，一般都是周日返校前的下午，临去学校前先去老师家玩几个小时，晚自习前赶到学校。我们村和郑建树的村以及学校在地图上差不多呈一个等腰三角形的关系。

我们去了他家才发现，代数老师家并不像他骑的那辆破自行车一样落魄，那只是一种表象。他家住在我们县高速路口的马路边，可能因为这个便利条件开了一家饭馆，不过生意似乎不太景气，前两次去他家时，包间里一个吃饭的客人都没有，当然也可能是因为当时不是吃饭时间。我们就坐在饭桌前喝水聊天，一转头就能看到公路上来来往往疾驰而过的车辆和他家一条看我们不大顺眼的大狼狗。

饭馆里的装潢非常老旧，桌椅板凳上满是长年累月庞大客流留下的污浊痕迹，饭馆外面用石棉瓦搭了个棚，一辆掉漆严重并溅满泥点子的皮卡和另一辆破旧的自行车停在里面。代数老师和他父母住在饭馆东边的那几间屋子里。虽然代数老师郑建树家所见之处都是陈旧之态，却朦朦胧胧给人一种家境殷实之感，总觉得和平头百姓不太一样。

我和周天明第三次去时，饭馆锁着门，之前代数老师说，平时他父母在家张罗着饭馆，什么时候来人什么时候开灶。现在锁着门就基本可以断定家里没人。那条黑背仍旧不认识我们，狂吠得厉害。

周天明说："这狗装傻吧，老师已经隆重向它介绍过我们了，还咬。"

我把自行车支起来，去问和老师家隔着一条宽马路的对门邻居，那个邻居老太太在她家门口坐着，看着来来往往的行人和车辆解闷儿，当看到我和周天明停在老师家门口后，视线就没有再离开过我们，一直盯着我慢慢走近她。

"奶奶，知道这饭馆家的人去哪儿了吗？"

"去地里了。"

"他家地在哪儿？"

"在……"老太太告诉我老师家的地在哪儿后，没再赘述半句，她没过问我是谁，找这家里的谁，找他有什么事，只直接明了回答了我的问题。我心想："这老太太讲话言简意赅，简约不简单，绝非好事者，不该问的绝不多言半句。"

我道了一声谢，准备要走时，老太太叫住了我，问："你们找谁？"

我转回身说："我们找郑建树老师。"

她点点头，我刚要走，她又问："你们是谁？"

我又转回身，说："我们是他学生。"

她又点点头："找他有什么事吗？"

第十五章

我说:"奶奶,您歇着吧。"然后撒腿就跑。

她提高嗓门喊:"有事我可以替你转告他一下。"

我跑得更快了,心想:"算我看走眼了。"

我们照老太太的提示按图索骥,沿着公路直走,经过乡派出所和一大片玉米地后发现了一条羊肠小道,周天明问我:"是不是这条路?"

我左右看看也不太确定:"应该是吧,老太太告诉我是条特别窄的路。"

周天明见我不太肯定,也不敢贸然前进。

"走吧,大不了再回来。"我蹬上自行车带头走在前面,他尾随在后,两旁都是密密麻麻高大的玉米地。

骑了100多米后,狭窄的视野突然开阔了。小路的右边是一大片花生地,我一眼就看到了代数老师,他正在用铁锹奋力地刨花生。他虽然并没有面对我,但我仍十分确定。我停下车子,兴奋地向他挥手大喊,周天明也喊。老师听到喊声,扭过身朝我们看过来,然后就开始笑,他父母本来蹲在地上摘花生,也站起来冲我们笑。

郑建树将铁锹用力插在地上,叉着腰,问我们:"你们怎么找到这儿的?"

我们深一脚浅一脚地跑过去,说:"问了你家邻居老太太。"

"哦……我们来地里的时候她看到了。"

"那老太太真有意思,一开始我以为她是个寡言少语的人,不怎么好事,后来才发觉……嗨!要是可着劲儿跟她聊,能聊

175

到天黑。"

代数老师的娘笑说:"老太太整天坐在门口,逮着人就跟人唠,从她家门口路过一下,别人都走了十米开外了她还扯着嗓子说呢。"

我拔出插在地上的铁锹跟老师说:"你歇会儿,我来刨。"

老师的娘赶忙说:"可不能让你们干活儿,你们玩吧,去抓蚂蚱吧。"

代数老师一屁股坐在花生棵垛上:"这么大了,谁还抓蚂蚱?"

我附和老师:"老早就不捉了,以前跟我爸妈去地里,捉了蚂蚱都一个个穿到狗尾巴草上,现在长大了,不玩了。"

周天明也说:"大伯大娘,你们也歇歇,我们替你们干会儿。"

"不能不能,你们骑车骑了这么远,累了,歇会儿吧。"

郑建树随手捏起一个花生剥开,说:"娘,你就让他们干吧,半大小伙子,你不让他们撒撒劲儿,劲儿就会用在别处,惹是生非,瞎捣乱。"

"就是就是,我们有的是劲儿。"

在我们一再坚持下,老师爹娘这才同意了。

我边刨花生边回想我和周天明刚才的言行举止。"这是我们吗?我们有这么懂事?太假了吧,简直和以往的我们判若两人,为什么会这样?"当时我没有得出答案。

很多年后,我才意识到,人作为生物界最复杂的物种,那种判若两人的行为表现其实不难理解,只不过是在不同环境里,不同人群前,不同的事态下选择性表现的结果。我知道在那个情况下不允许有别的表现,和我们家人相处时不同,和我们光屁股长大的发小相处也不同,甚至和代数老师相处时都不一样。这不是虚伪,这也是我们真实的一面。

我和周天明互相倒替着干,差不多一个小时就刨了一畦,代数老师结结实实垛满一排子车。我们把铁锹和背筐一并放在车上,一路高歌猛进回到家。

我们在水池边呼呼啦啦洗漱一番后,数学老师的爹已经帮我们沏好了茶水,放在饭馆的桌子上。

郑建树洗了手,戴上围裙出来跟我们说:"今天我亲自下厨,给你们展示一下我郑小厨的厨艺。"

我和周天明就开始乐,我说:"你赶紧过来歇会儿吧,我们喝口水就走了,该回学校了。"

周天明又说:"你的厨艺行不行还是个问题。"

代数老师说:"虎父无犬子,你们大伯郑大厨可是这一片儿最好的厨子。"

"别忙活了,回学校该晚了。"

郑建树一副大权在握的样子说:"没事,今天晚间自习是我的,我值班。"说完就去后厨了。

周天明问我:"老师的意思是不是告诉我们今天迟到也没关系,可以通融通融?"

我说:"不是,他是明确告诉我们,现在我们可以无法无天了。"

十几分钟后郑建树端着两个盘子出来,像电视上的店小二一样吆喝着:"菜来喽,青椒炒肉,蒜黄炒鸡蛋。"

他放到桌子上,菜色看上去倒不错。然后又问:"六个馒头够不够我们吃?"

我们答道:"够了够了。"

他又跑回厨房端来六个馒头和一盆刚刨的新鲜煮花生,说:"我们这样一起吃多好,省得你们到学校还得买,吃完我们还可以一块儿去学校。"

我和周天明刚开始还有点客气,正式开吃后也就不再装腔作势了,老师看我们狼吞虎咽,大快朵颐,不由感慨道:"年轻真好啊,我好久没像你们这样吃饭了。"

我嘴里鼓鼓囊囊嚼着馒头说:"是你炒的菜好吃,平时我们也很少这样吃。"

周天明说:"你也正年轻啊。"

郑建树说:"不一样,看你们刚才刨花生的那股劲儿,好像有永远都用不完的力气。"

"也累,不过歇会儿就能立刻满血复活,如果现在再刨一畦应该也没问题。"周天明不无得意。

"我现在都有点缓不过来,不想动弹。"郑建树懒洋洋地把一颗花生米弹到嘴里说。

我们把两盘菜全部扫荡一空,老师问:"饱了没?"

"饱了饱了。"

"真饱假饱？我看你们把菜汤都用馒头蘸着吃了。"

"真饱了，只不过菜太好吃了，所以觉得菜汤扔了挺可惜的。"

郑建树把煮花生推到我们面前，说："尝几颗花生。"

花生长得不错，刨的时候我就发现硕果累累，很多"老头儿"。我们管三颗仁长在一起的花生叫"老头儿"，两颗连在一起的叫"老婆子"。也不知道这么叫有什么说法。我捡了个"老头儿"剥开。

老师问："作业写完没？"

我动作僵持住，反问："没写完就不让吃了？"

他拿一个花生皮丢在我头上，笑："没写完作业还有脸吃？"

"写完了，写完了。"我说道，这话我撒了谎，其实压根儿没写，我的数学作业基本都是抄的，自己做对我来说难度太大，太耗费时间，太头疼。

我说写完了，郑建树也就没再继续问我什么，真怕他又说："拿出来，我就地批改一下。"

他问我："你说你为什么成绩就是提不上去呢？"

因为我根本就不喜欢数学，从小就不喜欢，天赋和兴趣都不在此，怎么可能学好？这就是原因。但是我不能这么说，坦率并非在所有问题上都能产生好结果，有时反而会产生有意无意的伤害，或者隔阂。我喜欢这个老师，但不擅长他的课，或者擅长某门课却不喜欢那个老师，这情况都是普遍存在的，没必要直言不讳告诉本人。

我想回避这个问题，于是闪烁其词道："我也不知道啊。"

"你是不是心思没完全放在学习上？"这话一出口，我忍不住笑了。这话对我而言并不陌生，我爸妈也曾委婉地表示，成绩不佳或许是因为心思被其他事物占据了，而且和女孩子有关，尽管他们并无确凿证据，只是猜测，但他们坚信自己的猜测八九不离十。

"我明白您的意思，您是在问我有没有分心于其他事情，对吧？"

被我这般直接地点破心思，代数老师郑建树显得有些尴尬。他笑着回应道："我只是提醒你，分心会影响学习。你看周天明，他学习那么出色，肯定是因为心思全在学习上。"

周天明笑了笑，没有搭话。

我接着说："他学习好，可能是因为他聪明，领悟力强，头脑灵活。这和学习是否分心并没有直接关系。"

"这么说，你成绩不佳也和分心无关了？"

"当然无关。"

"那你是承认你分心了？"我这才意识到被代数老师绕进了他的话语圈套，他和周天明都笑了起来。

代数老师打趣道："看到了吧，数学学不好，逻辑思维也会受影响，稍微绕一下就被绕晕了。"

如此一来，代数老师郑建树似乎认定了我有分心的事情。他好奇地追问道："你是不是特别欣赏某个同学，用你们的话说叫暗恋。"

我迟疑片刻，心想，再隐瞒下去也没有意义，于是坦诚地说："对，我确实很欣赏一个同学。"

"她知道你的心意吗？"

"应该知道吧，我不太确定。"

"那这位同学是谁呢？"

"沈妍。"

"沈妍？"

"怎么了？你觉得意外吗？"我问道。

"不意外，沈妍学习出色，性格文静，长相也出众，被人喜欢也很正常啊。"代数老师郑建树客观地评价道。

第十六章

距离产生美

自从在代数老师郑建树家，他处心积虑把我绕晕，得知我心里的秘密后，班里人迅速知道了这事，幕后传播者是谁？排除我自己和代数老师就只有周天明了。当我质问周天明时，他说只告诉了周晓莉。我说："你告诉她和告诉全班人有什么区别？"

周晓莉是个不插电的高音喇叭，不拿工资的狗仔队记者，任何事情告诉她，必定满城风雨，沸沸扬扬。

一段时间之后，我判断这事一定尽人皆知了，因为每当我违反课堂纪律，或者打架被当众点名批评时，全班同学的目光都会齐刷刷地投向沈妍，饱含安慰与谅解，几十双眼睛仿佛都在嘘寒问暖。或者在沈妍被叫起来回答问题时，同学们又都齐刷刷地看向我，若是回答得好，他们的眼神里又充满敬佩与赞美。

我的座位在教室的三纵四横，沈妍在四纵二横，为这座次排序我念了班主任好几个月的好，不远也不近，不太偏也不太正。离得近好处自然不用说，但是坏处也不言而喻，打个嗝，门牙上沾个韭菜叶，对方都可以从听觉嗅觉以及视觉上深切感受对方的粗鄙气息，所以距离产生美这道理我很早就知道了。

事实上单单为沈妍没在我后面这一点,就应该感恩戴德,不然每次看她都要扭身顾盼,这样不仅动作太大,极易被人发现,而且长此以往,对颈椎都是个严峻考验。

体育课上女生除了跑跑步,就是自由活动了,她们不喜欢球类运动,又没有别的娱乐项目,大多数情况是三五成群地坐在一块扯闲篇儿。唯独一次我见几个女生踢毽子,规则好像是每人踢一次,一旦毽子掉在地上,就给下一个人踢,依次轮替。

那天只象征性地跑了一圈操就解散了,我们也没打篮球,那节体育课班主任就是想让我们出来歇歇脑子。我和周天明、张文凯、王俊良,坐在背阴的墙根下,看女生在不远处的树荫下噼噼啪啪踢毽子。

我问坐在我旁边的周天明:"你知道为什么有些运动女生做起来就是比男生好看吗?"

他敷衍回道:"没想过,不知道。"

我说:"简单来说,就是适合。比如篮球,这种需要力量和身体对抗的运动肯定是男人玩得好。同样,毽子呢?咱语文老师说毽子是从蹴鞠演变而来的,这说法我不太了解,蹴鞠就是现在的足球啊,就算毽子是从蹴鞠演变过来的,将毽子发扬光大的也一定是女人,所以现在周晓莉踢得比你漂亮,沈妍踢得比我漂亮,你说是不是?"

我一通长篇大论说完,周天明仍目不转睛瞪着两只眼,敷衍回道:"不知道,没想过。"

我骂他,他仍不理我,我顺着他的目光看过去,原来周晓莉正在踢毽子。

周晓莉最后一脚因为踢得太远,没有接住,依次换了两个人后轮到了沈妍,沈妍发挥出色,轻轻松松过了100个,在超过130个时,跟她一起玩的几个女生开始齐声为她数数,加油鼓劲,137、138、139……操场上三五成群,稀稀拉拉散布在各个角落的同学都闻声望去。

在超过180个时我坐不住了,生怕她因为体力不支而踢不到200个。我紧攥拳头站起来,不知不觉往前走了几步,我不知道我为什么非要把200作为一个目标,可能就因为它是个整数而已。与此同时,明显已经非常吃力的沈妍仍旧一次次将毽子踢向空中,我猜想她一定也是想要达到一个什么目标。

198、199、200,第201个时,她一脚将毽子远远地踢飞出去,不再继续,鸡毛毽在空中画了个优美的弧线定定落在地上,一时没人去捡。看来她的目标也是200下,紧接着她疲惫地蹲在地上却欢快地笑出声来。

除了和她一块玩的几个女生,包括我在内的不少男生也远远地为她鼓掌呐喊。于是我又这么想,在教室座位上处于安静中的沈妍是一种美,在户外她有另一种美。

我又问张文凯,沈妍跑姿到底好不好看。

他说:"你知道的,我其实不懂体育,我看不出什么跑姿好不好看。"

我白了他一眼:"你连跑姿都不会看,什么都不会欣赏,只知道死学傻学。"

张文凯说:"跑步的姿势有什么好看不好看的,你觉得好看我未必就觉得好看。"

我拍拍周天明,跟张文凯说:"你见过周天明跑步没?"

周天明这时候插话,跟张文凯说,"你要说没见过,我掐死你。"

"见过啊。"

"你觉得他跑姿好不好看?"

"没觉得哪好看。"

我又白了张文凯一眼:"俗气,俗人。"

周天明步子迈得开,跑起来脚底生风,步伐干净利落,从不拖泥带水,是我们班跑姿最好看的。

张文凯说:"我刚才说了我不懂体育,你也知道的,我根本不想当什么体育委员,等我当了别的职务,我一定向体育老师力荐你。"

"那你先让我过过瘾,下次体育课我替你带队。"

他支支吾吾地说:"我考虑一下。"

周三下午又是体育课,天气不太晴朗,阴云层层叠叠遮蔽着太阳。张文凯把我们领到操场,体育老师韩庆民抱着一个篮球,嘴里叼着哨子,看样子可能刚裁判完一场球赛,上节课其他班的学生陆续离场。

张文凯一副没精打采的样子趿趿拉拉走到体育老师跟前说:"老师,今天我带不了队了,可能是吃坏肚子了,上午跑了两趟厕所。"

体育老师韩庆民点点头,呼噜呼噜鸣了两声哨,集合队伍。张文凯则独自走到西边的杨树下,蹲在那儿。

队伍集合完毕,体育老师神情疲倦,说:"体育委员不舒服,今天……由我来带队跑步。"

话虽出口,但明显力不从心,言不由衷,像是有很大难处,转瞬他又笑道:"早知道这样,上节课就不陪他们打篮球了。"

大家被逗乐,我站在队伍里意识到该出手了,于是举起胳膊毛遂自荐:"老师,您连着上了两节课了,一定累了,要不就由我带队跑步吧。"

大家纷纷向我张望。

体育老师韩庆民说:"没事,这才哪跟哪啊,我最多一天上过7节课。"说着还引以为豪地做了个"7"的手势。

我又追着说:"如果您不太累,一会儿也可以陪我们打篮球,我们喜欢跟您一块玩儿,那您现在就歇歇,我来领大家跑步。"

说着我就走出了队伍。体育老师似乎感到盛情难却也就没再推辞,手一甩答应下来:"好,你来。"

体育老师韩庆民往后退了几步给我腾出地儿,我屁颠屁颠站在他刚才的位置,与队伍面对面。站直立正,放开嗓子,发号施令:"全体都有,向右看齐。"

班里不少同学可能因为我临时替补,有点新鲜,在执行号令时不住发笑,我本想提醒大家严肃点,但是发现在笑的同学中有沈妍,于是就没说。

第十六章

"向前看，向右转。"

与此同时我做了向左转的动作。

"跑步走，一二一，一二一"

我昂首挺胸，将手臂弯曲到腰线以上，拿出最好的跑姿带领队伍，但我能发觉我的动作非常僵硬，像设定好，走程序的机器人一样一板一眼，不像张文凯那么松弛自然，虽然我一点也不认同他作为体育委员的专业水准，我说的松弛自然和水准没有关系，是说他的状态，就像体育老师一样老练自如了，只是水准明显不同。

在跑了二分之一圈，绕到了杨树下张文凯跟前时，我们相视一笑，在目光里庆祝阴谋得逞。

"一二一，一二一，后面的同学跟上，保持队形整齐。"

我身在队列之外以及发出的各种号令，突然让我有种统领万军的豪迈之感。总算知道张文凯为什么处心积虑要担任一班之长了，受人管制和管制他人在心理上是有天壤之别的，所以当初张文凯竞选班长失败后，连又脏又累、没人愿意担任的体育委员他都要当。

在我接二连三的号令下，整个队伍横竖队列基本有序。场面之壮观，是我以前在队伍里从来没有感受过的。其实这道理和苏轼的"不识庐山真面目，只缘身在此山中"是一样的，你看不到是因为你身在其中。

我本来是想看沈妍跑姿的，可奈何她在队伍中央，并不能看得十分真切，每当我看向她时，视线总会被人群挡住，看来在这个问题上我有点错怪张文凯了,看一个人的跑姿应该在她独自跑步时,这种集体跑操真不适合,难怪他当了那么久的体育委员还不知道什么样的跑姿是好看的。

在跑了两圈后,大家都有点累了,步伐懒散、拖沓、杂乱。但他们必须挺着,咬牙坚持跑。我则行使了自己的"特权"就像张文凯一样偷奸耍滑,停下来佯装为同学鼓劲儿,当我停下来之后就即刻体验到,跑累了想停就能停,绝对和饿急眼时的炸酱面,嗓子渴冒烟时的冰镇可乐,属于同一级别的幸福体验。

言之有理

我总觉得当一个人脑海中积攒了足够多关于某人的影像时,才有可能会梦见那个人。如果大脑认为储存的影像桥段太少,无法进行重组加工,就算天马行空加以想象也无法形成梦的影像。虽然后来很多经历使我发现这个观点并不成立,但当时我就是那样认为的。

当我在越来越多不同的场景看到沈妍,也看到越来越多不同状态下的她。一天早上醒来,我猛然发觉:我刚才梦见沈妍了。很多梦都是凌晨,甚至是醒前刚刚做的,这往往会使梦境更加逼真和清晰,仿佛是刚才发生的事。

可能是梦的效应,后来有一段时间,我和沈妍开始时不时说几句话了。

她有个习惯，每当吃饭时间大家在食堂窗口排着长龙打饭时，她从不浪费时间拥挤其中，而是在教室边写作业边等待，等人群散得差不多了，再慢悠悠地去打饭。

　　我劝告她说："你还是早点去吧，不然好吃的都被人抢走了。"

　　她说："咱食堂哪有好吃的？"

　　"我指的是比较级，虽然没有特别好吃的，但是起码去早了还有得选啊。"

　　"那你是想吃难吃的白菜，还是想吃难吃的萝卜？"

　　我无言以对。

　　她又说："既然都难吃，还有什么好选的，懒得选，有什么吃什么。"说完继续写作业。

第十七章

周天明的小算盘

那天，周晓莉在进行个人课桌大扫除，她把桌斗里的所有东西都收拾出来，放在自己的板凳上，放不下的索性直接扔在了地上。桌斗里的碎纸屑和灰土靠手是收拾不干净的，于是她打算把课桌倒过来磕两下，把土抖出来。

在一旁的周天明说："别白费劲了，那得把整个桌子提溜起来才能抖出来，你抖不动，要帮忙的话可以求我。"

周晓莉乜斜他一眼："你怎么事儿那么多，我抖不动还会这样做？别以为我们女生都弱不禁风，我未必比你劲儿小。"

周天明大笑，说："别吹了行不行，牛都飞了。"

周晓莉不服气："要不然比比？"

"怎么比？"

"掰手腕？"

"怕你啊？"

周围的同学一听到他们要掰手腕，纷纷围观过来。他俩稳稳握住手，由周晓莉喊的开始。

周天明后来说，当他握住周晓莉手的那一刻，他就分心了，至少有一半注意力不在比赛这事上。他说，周晓莉的手不像想象中女生的手那么软,但是也不硬,质地和他自己的手差不多。

周天明和周晓莉僵持了一会儿,假装败下阵来,周晓莉并没有因为胜了而一脸得意地喧嚷,也没有反过来冷言冷语挤对周天明,而是神情冷峻,不言不语,但是能让人看出,是那种验证了结果,证明自己是正确的那种高傲的神情。

周晓莉起身直接走了,倒是围观的人开始笑话起了周天明:"连个女生也掰不过,丢人啊。"

周天明跟我说:"他们真是分不清孰轻孰重,一个女生,当着那么多人面儿,我让人家主动发起挑战的输了,人家以后还会搭理我?该服软的时候就要服软。"

周天明迫切想要告诉周晓莉他的心意,但是在很长一段时间里都苦于找不到良计,有一天在古装剧看到几个大汉歃血为盟,沥血以誓,突然灵光闪现,决定给周晓莉写一封血书,可拿铅笔刀抵在手指肚上死活不敢下刀,事后觉得丢份儿,又重新下了大决心,我们也给他很大的鼓励,然而刀一拿又退缩了,为此没少挨我们寒碜,这事儿也就这么搁浅了。

正好那天中午我们打篮球,王俊良不小心一胳膊肘击在周天明鼻子上,顿时鲜血横流。周天明弯腰捂着鼻子哎呦了几声,倏地想起什么似的,一溜烟儿跑回教室。我们赶到教室时,他正蘸着鼻血在信纸上歪歪扭扭地写周晓莉的名字。

大功告成,周天明写完就用纸把鼻孔堵上了,像猪鼻子上插根葱一样乐呵呵地对我们傻笑。

我拿起信纸看着他恶心的鼻血,问:"你就这样给周晓莉啊？"

他说："肯定还要写别的啊，最重要的字用血写就行了，不用整张都写。"

当天晚上，周天明在右手食指上假装贴了一张创可贴，下了晚自习，周天明把周晓莉留了下来，说一会儿有东西给她。

五分钟后，我和张文凯把最后几个还留在教室学习的同学以"早睡早起身体好"的名义请了出去。

周天明把那张鼻血血书给了周晓莉，周晓莉疑惑地打开："什么东西啊？"紧接着惊愕地一声尖叫，吓得她把信纸丢出去老远。

周晓莉捂着胸口，惊魂未定："周天明你搞什么啊，恶心吧啦的。"

周天明这事儿直接黄了。

孙 可

自从我和沈妍时不时有些交流，班里的一个女生孙可，对我有了怨气，对沈妍有了敌意。我和孙可平时并没有什么交集，除非老师安排下来需要公事公办的任务，才会有所沟通。

初见端倪是在一天晚自习后，沈妍习惯在下了晚自习后再学习一会儿，这我是知道的。可那天晚上孙可也迟迟没走，她在安安静静看着一本什么书，我们仨各自坐在自己的座位上做各自的事，谁也不说话，如果当时教导主任赵启光临时来巡视教室，看到我们仍在孜孜不倦地学习，一定会对我们褒奖有嘉，认为我们未来必将是学校的骄傲，应该领三好学生奖。

大概半个小时后，孙可才收拾了收拾，起身打算回宿舍，她走到教室门口时，阴阳怪气地跟我和沈妍说："你俩可记好要锁门，班里丢了东西拿你们是问。"

沈妍回道："知道了，我也马上回宿舍了。"

我一直看着窗外的孙可走远后，才说："这家伙神经病吧，什么时候为班级这么负责过？"

沈妍也起身收拾课本，说："我也觉得她今天怪怪的。"

"还在那儿装模作样看书。"

沈妍收拾完毕，环视一眼教室跟我说："没别的事了吧，锁门，走人。"

沈妍把锁给我："掌管全班书本安危的重任就交给你了。"

然后一蹦一跳跑了。

之后几天，无论是教室还是食堂窗口，见了孙可我总能感到她眼神中阴郁的怨气，和以前平平常常的眼神有很大差异，沈妍也说孙可开始在宿舍因为一些莫名其妙的小事处处针对她。

周五下午放学过周末，我和周天明早早推着自行车出了校门，在门口等我们村里的小伙伴。我在拥挤的人群中看到了王俊良和李学博，向他们招手。

这时有人从后面拍了一下我的肩膀，我回过头发现是孙可，她说："你过来一下。"

我问:"怎么了?"

她指着校门口的小卖部说:"去那边说吧。"

我把自行车支好,跟她去了小卖部的边上。

孙可问我:"你什么时候生日?"

"怎么了?"

"我想到时候送你个礼物,你喜欢什么?"

"你什么也不用给我。"

周天明在人群中开始喊我:"你去那边干吗了,我们要走了。"

我应了一声周天明。

孙可又说:"为什么啊,朋友不可以送礼物吗?"

"心领了,就这样吧,我走了。"

我转身往回走时,孙可大声说:"十一月二十六对不对?"

我没回答,也没回头,我不知道是谁告诉她的,但是她说的是对的。

第十八章

元　旦

为了不再使沈妍感到莫名其妙，我就把这事一五一十地告诉了她。

沈妍说她和孙可的关系还有缓和的余地，但事实情况并非如此。之前，在我还不知道孙可的心思时，沈妍遭受的是无缘无故地敌对，现在知道了原因，也无非是转换成有缘有故的敌对，暗讽变成了明嘲，没有任何办法。

农历十一月二十六我生日那天，孙可还是送了我礼物，并且成为当天礼物中最出彩的一个。

那天我给全班同学发了瓜子和糖，出于礼貌，也给了孙可，给孙可发糖时，她也要像我给沈妍行使的特权一样，说："我也要挑几块我喜欢的。"

起初我没同意："大家都跟你一样，我还发不发了？"

后来她降低了标准，说："那我只挑两块行不行？"

我不愿意再啰唆了，于是张着袋子口，由她挑了两块。

在大家都送完我礼物后，孙可慢慢悠悠走到我跟前，伸手送给我一个东西说："生日快乐。"

她的礼物没有彩色的包装纸，也没有盒子，礼物的样子显而易见，是个乒乓球拍，放在一个拍子形状的拉锁包里。

我显然没有想到她会送，愣了一会儿，她说："本来打算送你一个篮球的，但是我没有那么多钱，买不起。而且，你也有篮球，如果不能送你一个更好的，那就没有意义了，所以买了一支拍子，虽然你也有拍子，但是我看你的拍子好像都掉胶皮了，所以给你买了一支新的。"

孙可说我的拍子掉了胶皮，这事不假，但那是我自愿撕下来的，我非常喜欢光板拍子飞速击在球上，咔咔清脆的响声，我基本上不会运用削球技术，我也懒得学习那种手法，削来削去总也不进攻，这让我很恼火。我一拍子过去，你能接住就给我利落地接过来，接不住就拉倒，你总是像捞面一样，捞过来一下，我扣过去，你又捞过来一下，捞啊捞的，这算什么事呀。

我当场拒绝了孙可的礼物："你拿回去吧，我的拍子还能用，谢谢你的心意，心领了。"

孙可说："你不喜欢吗？"

的确，这支拍子应该是不错的，虽然我不能一眼就识别出它到底多好，但是我知道，凡是单卖的拍子都不会特别差，反而是整副的，八块钱就能买下，还带着仁球，一白一黄一乳黄。

我说："我早就告诉你，别送我礼物，送了也不要。"

她说："大家都送你了，我为什么不能送。"

我白了她一眼："别让我说难听的，快拿走。"

孙可噘着嘴，把球拍放在我桌子上，走了。

我想起身给她送过去，想了想还是让张文凯给了她，然后她就趴在桌子上哭了起来。

张文凯跟我说:"你个孙子,你不去给人家,让我去,最后人家哭了,好像是我弄哭的一样,害得我心里也不得劲儿。"

晚上下了自习课,沈妍跟我说:"今天班里那么多人看你耍威风,得意了吧?"

"很烦!"

"烧包吧,伤了人家的心,你倒开始烦了。"

那个时候我有点理解为什么当初送向雯贴纸时,她是那个反应了。而且向雯比我柔和得多,她并没有让我难堪。

沈妍跟我开玩笑说:"要不然,过几天元旦晚会,你和孙可主持晚会好了,她普通话特别标准,讲话声情并茂。"

沈妍说的是前些天晚上班主任韩庆民开班会选主持人的事,最后定的是我和沈妍还有周晓莉,本来班主任打算选两个人,一男一女,由大家举手表决。

选男生时,一致推举我,几乎没有异议。选女生时,有选周晓莉的,有选沈妍的。

最后班主任韩庆民看大家举手表决结果,旗鼓相当,不好说让谁当,不让谁当。一拍板儿,两个都要了。于是,这届晚会,节目主持人成了三个。

我跟沈妍说:"拉倒吧,我和孙可当主持人,那大家不用看别的节目了,直接看我和她演的小品《别扭》好了。"

沈妍哈哈大笑。

元旦那天，我的确感到非常别扭，首先是，班主任韩庆民说，两个女生，一个男生，为了观感，要我站在中间，这让我非常不适应。再一个，面对台下的孙可，每当我视线扫到她身上，都让心存芥蒂的我，一阵不自在。

那天晚会进行到一半，教导主任赵启光来到我们班，使我们班的气氛达到一个小高潮。对此，我有点感谢他，要不是因为他，我身为主持人，如果大家情绪都不高涨，玩得不尽兴，我难辞其咎。

每年元旦教导主任都会在各个年级和班级之间游荡巡视，根据心情随机选几个班，进去祝福大家一番，说一些鼓励的话，并即兴送上一首歌。

大伙见教导主任赵启光来到我们班，立刻炸了锅，很多同学簇拥上去，抓住他，好像生怕他又跑了。

教导主任说："这是陪你们过的最后一个元旦了，明年你们就毕业了，没多长时间了，一晃就过，然后转身看了看黑板上的倒计时中考时间，还有180多天。"

我们就开始笑，好一个没多长时间了，还有半年。

教导主任赵启光说："不要觉得现在痛苦难熬，现在的时间都是财富，我也是从你们这个时候过来的，我最有发言权。"

我心想，这大过节的还不让人心静，又要讲这老生常谈的话题了，谁料教导主任话锋一转，来了点新鲜的。

他说："我像你们这么大的时候，却在和学习谈'恋爱'。我记得有一次一道数学题做不上来，哎呀，绞尽脑汁，抓耳挠腮，做不出来。那时候已经下了晚自习，大家都走了，就我自己在班里，一直到打了熄灯铃都做不出来，回去睡觉的时候，我还在想这个题。你猜怎么着，果然我在梦里又见到那个题了，而且我在梦里把答案解了出来，哎呀。我高兴的啊，一个激灵就醒了，赶紧拿个纸写上，天亮之后，我赶紧爬起来去教室看那道题，就是那个答案，这就是和学习'恋爱'的力量。"

教导主任赵启光讲完后，大伙噼里啪啦鼓起了掌。

周晓莉提议说："主任唱首歌吧。"

我们又是一阵欢呼，鼓掌。

教导主任羞涩地笑笑说："好，我也跟一回时髦，唱一首最近挺火的歌，《老鼠爱大米》。"

那段时间老鼠爱大米刚刚过时，大街小巷已经不再风靡，但是偶尔一两个小店还会播放，只剩了余温。但是上了年纪的人对于潮流，对于流行的事物总是在它的末段时期才能感受到，等到我们听得不再听了，唱得不再唱了，他们却感受到了，哦？这个东西好像大家都挺喜欢，并且尝试着也去喜欢。

教导主任赵启光对于这首歌就是这样的。

我跟沈妍说："他们唱吧，我们不管了。

沈妍笑笑说："好！"